TROIS SŒURS

L'Iconoclaste,
26, rue Jacob, 75006 Paris
Tél. : 01 42 17 47 80
iconoclaste@editions-iconoclaste.fr
www.editions-iconoclaste.fr

LAURA POGGIOLI

TROIS SŒURS

L'ICONOCLASTE
ROMAN

À Marina

« *Бьёт – значит любит.* »
«S'il te bat, c'est qu'il t'aime.»

Proverbe russe

«Vous dites : la vie est belle.
Oui, mais ce n'est qu'une apparence !
Pour nous, les trois sœurs, la vie n'a pas
encore été belle, elle nous a étouffées
comme de la mauvaise herbe…»

Anton Tchekhov, *Les Trois Sœurs*, 1901

UN SOIR DE L'ÉTÉ 2018, CHAUSSÉE ALTOUFIEVO

Il n'est pas grand l'appartement. Un salon avec cuisine, deux chambres, une salle de bains, des toilettes. La tapisserie n'a plus de couleur. Jaune-marron, elle n'a pas été changée depuis les années Gorbatchev, quand c'était encore un appartement communautaire. Les rideaux en voile accrochés à la baie vitrée du salon ont la teinte du ciel blanchâtre des jours d'automne, du ciel qui porte la neige avant de la laisser tout recouvrir de Moscou. Les toits d'immeubles, les trottoirs, les arbres, les jeux des squares s'accumulent, identiques, d'un bloc à l'autre dans les quartiers périphériques déployés aux confins de la *kol'tsevaïa linia*, la ligne circulaire du métro. Au-dessus du buffet sont posées ou accrochées des dizaines d'icônes, de chapelets, de photographies de lieux sacrés. Comme un bout d'église dans l'entrée.

Il n'est pas grand l'appartement, beaucoup trop étroit pour elles et lui. Dans la chambre du père, un lit, un bureau, un fauteuil, une penderie. Pas de décoration, pas de cadre, pas de couleur. Dans la chambre des filles, un lit superposé et un lit simple, des affiches, des livres, des pots remplis de crayons, des vêtements posés à droite à gauche, un miroir, des autocollants en forme de flocons qui sont restés sur la fenêtre depuis plusieurs Noël.

Les trois sœurs sont allongées sur leurs lits, elles ont gardé leurs sous-vêtements, leurs leggings noirs, leurs t-shirts. Elles n'ont pas mis de pyjamas ce soir, elles respirent fort, fixent le plafond, ne se regardent pas. Dans le salon les insultes de leur père depuis son fauteuil à bascule au velours beige élimé, le souffle haletant, la toux grasse. L'odeur de leur père partout dans l'appartement, sauf sur leurs draps, il n'a pas été là pendant un mois. Sa voix qui cogne les murs. « Qu'est-ce que j'ai fait pour avoir trois gamines comme ça ? Qui est-ce que vous avez invité chez moi ? Vous allez voir ce que vous allez prendre ce soir ! Vous allez avoir une bonne raison de gueuler, de chialer, vous ne recommencerez plus après… » Sa voix qui grogne et qui claque encore, les pas titubants s'approchant.

Les voix des filles, elles, sont blanches. « Maintenant, c'est maintenant. » Elles le répètent pour y croire, comme un programme, une ligne de code. « C'est maintenant. » Les trois paires de leggings sortent de leurs lits d'enfant. Les jambes fines ne tremblent pas. C'est l'instinct, c'est ce soir, c'est maintenant.

Krestina, Angelina et Maria sont sœurs. Elles avaient dix-neuf, dix-huit et dix-sept ans le 27 juillet 2018 quand elles ont tué leur père Mikhaïl Sergueïevitch Khatchatourian. Leur mère, Aurelia Vassilevna Dyndyk, était allée voir la police à plusieurs reprises pour signaler des violences conjugales, avant d'être expulsée de l'appartement familial de la chaussée Altoufievo en novembre 2014. Son mari avait eu beau la frapper au sein même du commissariat, les policiers n'avaient pas réagi, leur demandant de régler leurs problèmes chez eux. Allez, du balai, et la prochaine fois ne venez pas nous faire perdre notre temps avec ça. Des amis des trois sœurs, des voisins, des enseignants, avaient plusieurs fois alerté les autorités. Imbu de sa puissance, le père empêchait souvent ses filles de se rendre à l'école. Aucune réaction de la police, des services de protection de l'enfance, aucune.

Cela aurait pu être juste un fait divers de plus, mais dans les médias russes et sur les plateaux de télévision, des proches de la famille Khatchatourian avaient commencé à témoigner. Les écouter, c'était se retrouver pour quelques fractions de seconde dans le huis clos d'un petit appartement du quartier résidentiel de Bibirevo, à quelques pas de la station de métro Altoufievo, dans le district nord-est de la capitale moscovite. C'était pousser la lourde porte en métal bleue du bâtiment, monter les quelques marches du hall d'entrée, tourner à droite, appeler l'ascenseur, grimper les dix étages, traverser le corridor, entrer chez les Khatchatourian, se retrouver nez à nez avec les icônes et les chapelets pendus au-dessus du buffet, et assister sans voix à ce qui jamais ne devrait ni se dire ni se produire entre un père et ses filles.

Des photos d'elles avaient été partagées encore et encore, dans les médias, sur les réseaux sociaux.

Des voix s'étaient élevées, et leur histoire était devenue un symbole de l'indifférence des autorités et de nombreux citoyens face aux violences domestiques. Un an plus tôt, elles avaient été largement dépénalisées dans le pays. Les peines encourues étaient déjà minimes, mais il n'arrivait désormais plus rien à un mari violent. Les actes qui entraînaient auparavant une condamnation pour coups et blessures n'étaient plus passibles que d'une simple amende, placés au même niveau qu'un excès de vitesse. Une limite avait quand même été mise aux cas de récidive et de blessures graves, mais pour que récidive il y ait, encore fallait-il un dépôt de plainte.

Ce qui se passait au sein des foyers devait y rester, de nombreux Russes le pensaient, pas tous bien sûr: il y avait quelques associations, des activistes, des avocats qui se battaient pour dénoncer cet état de fait et réclamer une nouvelle législation. Mais beaucoup voyaient d'un mauvais œil tout ce qui ressemblait de près ou de loin à ce qui se pratiquait à l'Ouest. La libération de la parole autour des violences faites aux femmes, le mouvement #MeToo, c'était le symbole de la faillite de l'autorité morale qui menait à leur perte les sociétés occidentales. En Russie, il y avait ce proverbe qui disait «*Biot – znatchit lioubit* – s'il te bat, c'est qu'il t'aime», et les proverbes, c'est comme le passé : quand on ne sait plus où on va, on s'y agrippe pour se persuader qu'on est du bon côté.

Je connaissais ce proverbe parce que j'avais commencé à apprendre le russe en classe de seconde, à quatorze ans, un peu par hasard. J'étais scolarisée dans un petit collège de campagne, et je voulais aller au lycée à Angers ; je devais pour cela choisir une troisième langue. Je désirais faire de l'italien – ma famille maternelle avait immigré d'Italie dans les années vingt –, mais mes professeurs m'avaient conseillé de choisir une langue rare, une langue difficile. L'italien, je pourrais toujours l'apprendre plus tard et beaucoup plus facilement que le russe, disaient-ils. En fin de compte, je n'ai jamais appris l'italien et je n'ai jamais regretté le russe. Je me demande souvent ce qu'aurait été ma vie sans la découverte de la langue, du pays, de la culture russe. Je me sens russe parfois, c'est un peu bête à dire, d'ailleurs je ne le dis pas souvent, fatiguée à l'avance par ce que tout un chacun peut avoir comme préjugés sur la Russie. Je sais ce que j'y aime, ce que j'y ai trouvé, et cela me suffit.

On était une dizaine dans la petite salle de russe, au dernier étage du lycée Joachim-du-Bellay. Mme Peyronie collait des personnages en carton sur un tableau de feutre, mes camarades et moi nous regardions en souriant. «*Maksim – chafior, Igor – journalist* – Maxim est chauffeur, Igor est journaliste», c'étaient les personnages du manuel *Reportage* avec lesquels on entrait dans la langue. Pendant deux ans, nous avons attendu notre voyage en Russie, l'échange avec l'école Romain-Rolland de Moscou, les noms de nos correspondants, le départ en car vers Paris, le premier atterrissage et la voix répétant «Moskva Cheremetievo», qui me fait toujours monter les larmes aux yeux quand l'avion se pose sur le tarmac.

Je me revois, un peu sonnée, arriver chez ma correspondante Alina, l'entendre me décrire Notre-Dame avec les mots de Victor Hugo qu'elle avait appris par cœur, me demander si j'étais déjà allée à Saint-Tropez car la série *Sous le soleil* faisait un carton en Russie, comme *Hélène et les garçons*, Patricia Kaas et Mireille Mathieu. Je me revois aussi descendre du car qui transportait tout notre petit groupe d'une visite à l'autre et découvrir la place Rouge sous la neige. On était en février 2002, j'avais les joues roses, dix-sept ans, le cœur qui battait et qui me répétait de ne jamais oublier ce que je ressentais. Les années ont passé, mais j'éprouve toujours le même sentiment chaque fois que je retrouve la place Rouge. Cela n'a pas beaucoup de sens puisque j'ai vécu dix-huit mois à Moscou, que j'y suis retournée environ tous les deux ans depuis et que je me suis rendue des centaines de fois dans le centre de la capitale pour descendre à la station Okhotnyï Riad, à quelques pas du Kremlin. Mais rien n'y fait, je ressens toujours ce battement qui cogne entre les côtes, contre le cœur.

La dernière fois que j'y suis allée, fin novembre 2019, j'ai découvert émerveillée les décorations de Noël qui habillaient la place Rouge. L'atmosphère n'était pas aussi féerique quand j'y vivais, il n'y avait guère alors que les militaires qui s'y déployaient avant les cérémonies du 9 mai, le jour de la Victoire. J'ai filmé les décorations qui scintillaient rue Nikolskaïa, j'ai mangé une soupe aux champignons dans un café à côté, j'ai marché des heures, heureuse de déambuler seule d'un endroit à l'autre, d'un quartier à l'autre.

Ce jour-là, j'avais pris mon ordinateur et travaillé dans un café situé à quelques pas de la galerie Tretiakov, j'étais rentrée en métro, le bout du nez gelé, «*Ostorojno dveri zakryvaïoutsia, sledouïouchtchaïa stantsia Iougo Zapadnaïa* – Attention les portes se ferment, prochaine station Iougo Zapadnaïa». Marina et son mari Jonas vivaient toujours au sud-ouest de Moscou, à une station de l'*obchtchejitie* de Prospekt Vernadskovo où nous nous étions rencontrés quinze ans plus tôt, une cité universitaire où vivaient des étudiants de l'université Lomonossov. J'étais passée devant ce grand bâtiment gris d'une vingtaine d'étages en trolleybus le matin même, les yeux mouillés par le souvenir de mon arrivée un soir de septembre 2004. «*Eto zdes'?* – C'est ici?» avais-je alors chuchoté, la voix hésitante, me demandant pourquoi diable j'avais atterri là, avant de m'y sentir chez moi, à ma place, arrimée, quelques semaines plus tard.

J'avais rencontré Marina juste après mon arrivée et nous ne nous étions plus quittées. Elle était en troisième année à la faculté du Monde politique, après deux ans de licence à l'INIAZ, la prestigieuse faculté des Langues étrangères où j'étudiais. Fascinée par les étrangers et tout ce qui était différent de ce qu'elle connaissait, Marina cherchait leur compagnie. Elle avait toujours un tas de questions à nous poser, à propos des pays occidentaux, loin de Moscou et des villes périphériques où elle avait grandi. Elle avait déjà côtoyé beaucoup d'Anglais, d'Allemands, mais moi, Laura, j'étais la première Française avec qui elle échangeait. Elle avait été attirée par mes longs cheveux blonds, mes yeux bleu-gris, ma peau claire qui me faisaient facilement passer pour une Russe jusqu'à ce que mon drôle d'accent ne trahisse mes origines. Je l'avais été par ses incroyables cheveux bouclés, ses grands yeux verts, son teint un peu hâlé, ses pommettes hautes, sa façon de s'habiller. Nous avons passé tant de temps ensemble. C'était en partie grâce à elle que mon russe s'était étoffé et que je continuais à le pratiquer.

Ce soir de novembre 2019, quand je suis rentrée, les mains gelées après ma longue journée au-dehors, Marina avait déjà tout préparé. J'ai glissé ma main dans ses cheveux, je l'ai serrée contre moi. « Alors tu as vu, *solnychko*, mon petit soleil, ça a encore changé. Où es-tu allée ? » Elle ne cessait de parler, on avait tant à se raconter. J'ai fini par me déchausser et enlever les épaisseurs qui m'avaient protégée du froid de novembre. Mon amie a sorti des gros cornichons, des *ogourtchiki*, elle a verse dans un bol des *kalmary*, ces petits morceaux de calamars séchés salés que nous adorions toutes les deux et que j'allais parfois acheter dans une des épiceries russes de Paris tant leur saveur me réconfortait. Elle a fini de couper le saucisson, «*za tebia solnychko* – à la tienne, mon petit soleil», et, avec les premières gorgées de vin blanc, nous avons souri encore plus fort.

Marina avait une cave bien remplie, de très bonnes bouteilles. Elle adorait le vin, elle avait même passé un diplôme de sommelier. Elle trouvait cela très européen, très classe, elle qui s'était mariée avec un Allemand et vivait désormais dans un complexe où ne résidaient que des couples russo-allemands. Que pouvait-il bien y avoir de commun entre son père, ouvrier à l'usine Severstal de Tcherepovets, s'enfilant des litres de bière et de vodka dans un deux-pièces minable, et elle qui buvait son premier verre de vin européen avant dix-huit heures?

Je savais qu'elle buvait trop pourtant. Je le savais parce que je faisais souvent comme elle, pour me sentir bien, mieux, par besoin de mettre mon cerveau sur pause. Comme le sien, il tournait trop vite. « Oui, Loroussik, ma petite Laura, c'est comme ça, mais bon que faire ? » Mon amie me le répétait un peu comme une fatalité, « *solnychko, chto delat' ?* – que faire ? », comme si c'était plié, qu'on ne pourrait jamais rien y changer, que c'était au-delà de notre volonté.

On a écouté de nombreuses chansons, pendant les cinq jours de bonheur de mon dernier séjour en Russie, les mêmes que celles que nous écoutions quinze ans auparavant. Il y avait les tubes du groupe de rock DDT, la patrie, la pluie, l'automne, la mélancolie, la nostalgie, l'amour. « *Eto vsio chto vozmou ia s soboï* – C'est tout ce que je prendrai avec moi » : on le répétait émues en se serrant les mains, le sourire jamais loin des larmes. Il y avait aussi les rythmes endiablés de Leningrad, un groupe de musiciens réunis autour de Sergueï Chnourov connu pour chanter l'alcool, le sexe et la drogue dans des textes en *mat*, ce langage au vocabulaire très cru. Le titre « Mne by v nebo », qui raconte les paradis artificiels, avait rythmé nombre de mes soirées russes. On s'était égosillées sur le vieux tube de t.A.T.u. « Ia sochla s souma » (Je deviens folle), connu sous le titre « All the Things She Said » dans sa version anglaise, qui narrait l'histoire de deux adolescentes tombant amoureuses l'une de l'autre. On s'était filmées valsant sur les éternelles chansons de Vladimir Vyssotski, déclamant « Otchi Tchiornye » (Les yeux noirs). On avait déjà oublié combien de verres on avait bus. Marina voulait aussi qu'on chante « Amsterdam » de Brel alors qu'elle ne parlait pas un mot de français. On avait dansé, dansé, dansé encore, on avait chanté, chanté, chanté encore, on avait bu, bu, bu encore.

En tout, pendant ces cinq jours, ces quatre soirs, nous avions vidé une dizaine de bouteilles, sans compter celles qui y étaient passées le soir où on avait dîné toutes les deux dans l'un de ces nouveaux restaurants à la mode situé dans un ancien *rynok*, un marché où on avait eu l'habitude d'acheter des bocaux d'*ogourtchiki* et où on servait maintenant des huîtres, des avocats, des oursins. Mais bon, que faire ? On se répétait « que faire ? », on avait tout de même ri avec une certaine gêne quand on avait compté le nombre de bouteilles bues.

C'est pendant ce séjour à Moscou que j'ai découvert l'affaire des sœurs Khatchatourian et, avec elle, les chiffres atterrants sur les violences domestiques. Je m'étais dit que je devais raconter cette histoire, mais pas seulement. Je voulais raconter tout ce qui foutait le camp en Russie, sans mettre de côté tout ce que j'y aimais, tout ce qui me remuait, tout ce qui était beau au-delà des préjugés et des on-dit.

J'avais contacté Alexeï Parshine, le principal avocat des sœurs. Il travaillait sur l'affaire bénévolement, avec Mari Davtyan, Iaroslav Pakouline et Alexeï Lipster, qui avaient chacun en charge l'une des filles. Sensible à l'intérêt que les Européens voudraient bien porter au dossier, et plus largement aux violences faites aux femmes en Russie, Alexeï Parshine m'avait envoyé quelques informations, m'expliquant qu'il ne serait pas possible pour moi de rencontrer les sœurs pour le moment, qu'elles étaient coupées du monde, en résidence surveillée, séparées, avec l'interdiction d'échanger entre elles ou avec des journalistes. Alexeï m'avait aussi adressé deux photos qui n'étaient pas sorties dans la presse russe. Sur la première, Angelina et Maria, qui n'avaient que quelques mois d'écart, regardaient vers le sol, vêtues des mêmes t-shirts à manches longues et pantalons noirs. L'aînée, Krestina, serrait le bras de Maria, la plus jeune. Elle portait un jean foncé, un t-shirt rose pâle, elle regardait l'objectif les yeux à peine ouverts. Elles souriaient toutes les trois, légèrement, avec une envie de paraître naturelles qui semblait un peu forcée, typique de l'adolescence. On devinait la pose très étudiée – c'était sûrement l'une de leurs amies qui avait pris ce cliché. Elles devaient avoir quinze, quatorze et treize ans, elles faisaient la même taille, on aurait dit des triplées avec leurs longs cheveux noirs, leurs sourcils parfaitement dessinés, leur teint hâlé, leurs mains fines, leurs épaules graciles, et l'élégance qu'on trouve chez beaucoup d'Arméniennes. Il m'était souvent arrivé de regarder cette photo quand j'avais envie de les voir dans un autre contexte que celui de l'enquête. On avait multiplié les clichés des filles menottes aux poignets, sortant d'une cellule, ou encore assises le visage fermé aux côtés d'Alexeï Parshine dans ce qui devait être un tribunal.

Pour imaginer Krestina, Angelina et Maria, j'avais aussi pris l'habitude de parcourir le compte Instagram @hachaturyan_sister qui publiait des extraits vidéo d'émissions télévisées où il était question de l'affaire, des coupures de presse, mais également de nombreuses photos des autres membres de la famille. Il y avait leur mère, Aurelia Vassilevna Dyndyk, aux longs cheveux bruns le plus souvent attachés, les yeux noisette, le visage rond, les traits fins, la voix qui presque toujours chuchotait, le regard triste tourné vers l'intérieur quand elle partageait les souvenirs du quotidien dans l'appartement de la chaussée Altoufievo. Née en 1978 dans l'ancienne République socialiste de Moldavie, Aurelia était arrivée à Moscou en 1995. Elle n'avait pas fait d'études, elle était devenue vendeuse puis n'avait pas travaillé pendant des années, après avoir eu quatre enfants très rapprochés. Serioja, le premier-né de la fratrie, était un grand jeune homme aux traits fins, aux muscles secs. Il semblait aussi poli, calme et discret que son père était bruyant, violent, jurant constamment, postillonnant sur sa barbe grisonnante. Mikhaïl Sergueïevitch Khatchatourian était grand, large, imposant, les yeux noirs perçants, le ventre débordant. Il était terrifiant, et les clichés de lui abondamment partagés en ligne entretenaient son image d'ogre.

Je cherchais ce type d'images presque tous les jours depuis mon dernier voyage à Moscou, allongée sur mon lit, étendue sur mon canapé, assise dans le métro, dans les cafés, les salles d'attente, derrière mon bureau, j'y pensais désormais partout, tout le temps. Les articles de presse étaient tous les mêmes, factuels, froids, incomplets. En regardant des photos et en écoutant des témoignages, je touchais de plus près le réel. Il s'imposait dans mon esprit sous forme de scènes. Ces fragments épars s'assemblaient et mon imaginaire comblait peu à peu les trous de leur histoire. J'avais besoin de la faire vivre pour qu'elle soit autre chose qu'un énième fait divers. Pourquoi étais-je à ce point troublée par cette affaire ? À quoi l'histoire de la famille Khatchatourian me renvoyait-elle ?

En cherchant des informations sur les violences intrafamiliales, j'étais tombée sur le reportage « Russie : SOS femmes en danger », diffusé sur Arte en octobre 2017, neuf mois après la dépénalisation des violences domestiques dans le pays. On y voyait une jeune femme appeler la police à plusieurs reprises pour dire que son mari la battait. Elle était en danger. Une policière lui répondait qu'elle ne pouvait rien faire mais qu'elle enverrait quelqu'un sur place si elle était assassinée. On entendait exactement cela.

Et la jeune femme mourait quelques heures après cet appel. On entendait son père raconter cette histoire dans ce court reportage, traînant sa douleur d'un banc à l'autre, d'un parc à l'autre d'une petite ville périphérique sans couleur. Une voix anonyme racontait une histoire anonyme, une histoire qui ressemblait à des dizaines d'autres, à des centaines d'autres. Je m'en rendais compte avec stupeur en poursuivant mes recherches.

Car ces histoires étaient nombreuses, très nombreuses, incroyablement nombreuses. Et pourtant je ne les avais pas croisées quand je vivais à Moscou. Avec l'affaire des sœurs Khatchatourian, je découvrais à quel point les violences domestiques étaient un fléau en Russie. Je savais que des hommes y battaient leur femme, je savais que cela existait, mais pas dans de telles proportions. Mitia, mon ex-petit copain russe avec qui j'avais vécu plusieurs mois, m'avait donné quelques coups, comme ça, pas grand-chose, c'était sûrement un peu ma faute en plus. Un peu ma faute, vraiment ? Les quelques fois où j'avais raconté mon histoire, on m'avait dit « oh oui, je connais telle ou telle Française, à Moscou, à Saint-Pétersbourg, à Ekaterinbourg, elle n'est pas bien tombée, tu sais, il buvait». J'avais dû acquiescer silencieusement. Ah oui, il buvait…

J'étais habituée à entendre que l'alcool justifie les coups. J'avais entendu cela pour expliquer ceux que certains de mes aïeux avaient mis à leur femme, et puis aussi que l'alcool et la violence, c'était lié au travail ouvrier, à la misère. C'était triste mais c'était ainsi, un peu comme les litres de bière et de vodka que buvait le père de Marina quand il sortait de l'usine Severstal de Tcherepovets. Mais maintenant c'était fini, il n'y avait plus de femmes battues dans ma famille depuis que l'ascenseur social était passé par là. «Il n'était pas vraiment mauvais, tu sais, il buvait parce que la vie était compliquée, et puis après il n'arrivait plus à se contrôler.» Combien de fois avais-je entendu cela quand on évoquait ces temps passés? Pourtant, moi, quand je bois, je ne roue personne de coups. Je fais du mal à moi, rien qu'à moi.

ONZE ANS PLUS TÔT

L'infirmière lui a promis des *konfety* au chocolat, elle a dit qu'elle en avait dans son casier et qu'elle irait les lui chercher à sa pause. Krestina n'a rien osé répondre, elle trouvait ça bizarre qu'une gentille dame lui propose les mêmes bonbons que ceux qui avaient provoqué sa venue ici, avec le même emballage vert et doré, ses préférés, ceux qui laissent un arrière-goût de noisette sur le palais. Ces bonbons, c'est une grande histoire, tout le monde les aime. Les adultes ont toujours besoin de quelque chose de sucré pour accompagner leurs tasses de thé, alors c'est parfait. Les enfants, eux, ont les yeux qui brillent dès qu'ils entendent le bruit du papier métallisé, comme un papier cadeau qu'on froisse.

Il y a d'autres gentilles dames tout autour de l'infirmière. On ne voit pas la couleur de leurs cheveux sous leurs charlottes vertes, on dirait qu'elles ont toutes le même corps sous leurs blouses blanches, perdues dans leurs pantalons sans forme en toile verte. Seules les mules en plastique qu'elles portent sont de couleurs différentes, et ça fait comme un ballet au sol toutes ces touches de lumière. Krestina les observe depuis la salle d'attente où elle patiente assise à côté de sa mamie, sa babouchka, sa baboulia. Babouchka soupire, agite les bras, lève les yeux au ciel. Quand va-t-on enfin s'occuper d'elles ? À quelques mètres, les gentilles dames accueillent, demandent, orientent, écrivent des choses sur des feuilles blanches posées sur des supports en plastique transparent. Comme ce doit être un beau métier, infirmière ! On soulage les gens et ensuite ils doivent repenser à nous de temps en temps, on leur laisse un souvenir, une image, une sensation, un mot, et dans la tête et sur la peau.

Mon Dieu, *Boje moï*... Babouchka ne tient pas en place, un mouchoir en tissu à la main, elle sanglote. Quand viendra-t-on examiner sa petite-fille ? C'est pas urgent un œil au beurre noir sur une gamine de neuf ans, c'est ça ? Il ne faut vraiment pas être pressé ici, elles ont l'air fines ces infirmières à prendre des notes à cinq dans le hall, c'est pas ça qui va soulager Krestina. « Krestina, ça va ? Tu as quoi sur le cou là ? Mon Dieu… » Parce qu'il y a des traces noires autour du cou de Krestina, le même noir que celui du coquard autour de son œil droit. La fillette se touche le cou, elle dit que ça doit être à cause des *konfety*, que ça a énervé papa, qu'elle n'aurait pas dû laisser les papiers des bonbons traîner par terre après les avoir mangés, sans lui avoir demandé en plus. Ça l'a mis en colère papa, mais c'est sa faute à elle tout ça, c'est sa faute à elle si maintenant elles sont là.

« On va pouvoir t'examiner, Krestina. Tu viens ? Ta mamie peut venir avec toi. » La dame qui a dit qu'elle avait des *konfety* au chocolat dans son bureau va s'occuper d'elle. Ses petits pieds d'enfant suivent la trace laissée dans son imaginaire par le ballet des mules en plastique. Elle enfouit sa peur en elle en entrant dans la salle de consultation, pour ne pas prendre trop de place, pour que rien ne dépasse. Elle fixe les bandes de lino beige sur le sol, les coins qui se décollent, les marques laissées par les chariots, les lits roulants, certaines chaussures peut-être aussi, comme celles à talons hauts que sa maman porte de temps en temps, de plus en plus rarement.

« Krestina, tu peux te déshabiller, poser tes affaires sur la chaise et venir t'allonger ici. Pendant ce temps, je vais te poser quelques questions et compléter ton dossier. C'est clair pour toi ?

– Oui.

– Peux-tu me donner ton nom en entier, ta date et ton lieu de naissance ?

– Krestina Mikhaïlovna Khatchatourian, née le 3 juin 1999 à Moscou.

– Ton adresse ?

– Chaussée Altoufievo, maison 56, korpus 1, appartement 49.

– Merci, Krestina. Sais-tu pourquoi tu es ici ? »

Krestina a allongé son corps d'enfant sur la table que l'infirmière a recouverte d'un papier blanc, elle fixe le plafond, la lumière jaune du néon. Tout semble vieux et rouillé ici, c'est la première fois qu'on l'emmène à l'hôpital et ça ne ressemble vraiment pas à ce qu'elle a vu à la télé, dans cette série avec des docteurs que maman aime regarder quand papa n'est pas là, parce que, quand il est là, elle ne peut pas mettre le programme qu'elle veut, surtout pas la série avec les docteurs, parce qu'il dit que tout ça c'est des bêtises, les bêtises de ces idiots d'Américains. Enfin il ne dit pas « idiots » en fait, il emploie un autre mot, mais Krestina ne veut pas le répéter ce gros mot, même toute seule à l'intérieur de sa tête, parce que ça fait ressortir la peur, ça lui fait trop penser aux moments où papa s'énerve et crie très fort, contre elle, contre maman, contre son frère Serioja, contre Angelina et Maria.

« Regardez ce qu'il lui a fait, mon Dieu, *Boje moï*, regardez-moi ça... » Babouchka devrait ranger son mouchoir dans sa poche parce que le bout de tissu avec lequel elle continue à s'essuyer est tout mouillé, ça fait négligé, qu'est-ce que l'infirmière va penser ? « On prenait un thé – enfin ma fille Aurelia et moi –, mon gendre Mikhaïl Sergueïevitch buvait de la bière comme d'habitude, et tout d'un coup il est devenu fou à lier parce que la petite avait laissé traîner des papiers de bonbon. Il lui a mis une gifle tellement forte qu'elle a été projetée contre le mur du salon. Ma fille a commencé à pleurer et ça l'a encore plus énervé, alors il s'est levé, il a attrapé Krestina et il l'a plaquée contre la fenêtre en la tenant par le cou. J'ai cru qu'il allait l'étouffer, on le suppliait d'arrêter, il a fini par la laisser retomber par terre et il est sorti de l'appartement en jurant, la bière à la main… Alors je suis venue ici le plus vite possible avec la petite. Aurelia est restée là-bas avec les trois autres, son frère et ses deux sœurs. Il faut faire quelque chose, s'il vous plaît, il faut l'enfermer, c'est un sale type, un fou dangereux, mon Dieu, *Boje moï*, la pauvre petite… »

Krestina fixe le plafond, le néon clignote, une ampoule va lâcher. Tout est vieux et abîmé, les murs jaunis, même les rideaux ont perdu leur couleur, celle du temps d'avant. C'était sûrement un endroit moderne ici, à l'époque des photos du livre que Natalia Ivanovna leur avait montré en classe la semaine dernière. URSS, *CCCP*, les lettres roulaient sous la langue et puis ça s'effritait, ça retombait. Krestina n'avait pas tout compris, mais il lui était resté l'impression de quelque chose de très grand avec une place pour tout le monde, même si on ne voyait pas les visages sur les photos, toutes ces femmes et tous ces hommes portaient les mêmes vêtements, et avaient l'air d'avancer vers le même but.

« Je ne peux rien faire d'autre que la soigner. Si vous avez des choses à déclarer, il faut aller voir la police. »

La voix de l'infirmière est froide tandis qu'elle désinfecte les taches noires sur le visage et le cou de Krestina. Ça pique, ça fait mal, mais la fillette ne laisse pas sortir les larmes. Il ne faut surtout pas que le chagrin dépasse, même s'il brûle très fort la gorge, parce que le chagrin c'est comme la peur : quand on le veut vraiment, on peut le garder à l'intérieur. On dirait que l'infirmière est pressée de s'en aller, si seulement babouchka pouvait arrêter de sangloter et de s'essuyer avec son mouchoir mouillé. Elle dit qu'elle est déjà allée à la police, avec son fils Andreï, pour signaler les violences que Mikhaïl Sergueïevitch fait subir à sa femme depuis des années, les coups, les menaces, la fois où il lui a cassé le bras. Personne n'en a rien eu à faire. Les policiers ont pris la déclaration, puis Mikhaïl a été mis au courant mais il n'a pas été convoqué, car il connaît plein de gens, partout, y compris dans les commissariats. Lui-même dit qu'il ne risque rien, c'est ce qu'il a crié à Aurelia après cette fois-là, et que, si elle se plaignait encore, il l'empêcherait de voir les enfants.

L'ampoule du néon a fait un petit bruit crissant en s'éteignant, Krestina l'a entendu pendant que l'infirmière et babouchka parlaient. De ce que ces deux-là racontaient, rien ne l'intéressait. Non, elle, elle préférait se concentrer sur le bruit de l'ampoule prête à griller parce que ça lui rappelait le bruit du papier métallisé qui entourait les *konfety* chocolat noisette que l'infirmière avait promis de lui donner quand elle aurait terminé de l'ausculter.

Il y avait bien eu cette première fois à l'hôpital pour Krestina. Elle avait neuf ans, et sa grand-mère l'y avait emmenée après une crise de violence de son père. Dans leurs bureaux de la rue Baumanskaïa, les membres du Comité d'enquête, un organe judiciaire du système russe, ont commencé à fouiller dans le passé de la famille. Ils ont retrouvé la trace du passage à l'hôpital de Krestina. Au début de leurs investigations, beaucoup d'ombres planaient encore sur les années qui ont suivi cet événement. Combien de fois le père avait-il frappé sa fille au point de laisser des marques sur son corps? Combien de fois l'avait-elle vu s'en prendre à ses sœurs et avait-elle cherché à les protéger en se donnant en premier, elle, l'aînée ? Tentait-il souvent de les étouffer, lui qui avait aussi laissé une cicatrice sur la gorge de Maria, comme le révélaient les examens médicaux ordonnés par le Comité d'enquête ? Combien de lésions ?

Après le drame, alors que les voisins et les proches de la famille Khatchatourian défilaient sur les plateaux télévisés, la babouchka faisait le récit de ce moment. Il y en a eu d'autres des moments violents pourtant, des scandales, des scènes, des cris, mais de ce jour-là, elle a gardé un souvenir précis : pas celui des hurlements du père, pas celui des pleurs de la petite fille, pas celui de l'infirmière qui s'était occupée d'elle à l'hôpital, non. Elle a gardé le souvenir de la couleur du cou de la fillette. « Noir, il était noir », répétait-elle sur le plateau de l'émission *Priamyï Efir* d'Andreï Malakhov.

Journaliste vedette de la télévision russe, Malakhov anime plusieurs émissions de la première chaîne publique autour de questions de société. Dans la douzaine de talk-shows consacrés à l'affaire des sœurs Khatchatourian entre 2018 et 2020, les plateaux rassemblaient chaque fois des personnalités publiques, des experts juridiques et des proches de la famille, dans une mise en scène opposant ceux qui soutenaient la thèse de la légitime défense et ceux qui souhaitaient que les filles soient condamnées. On questionnait leur culpabilité : la violence qu'elles subissaient leur avait-elle donné le droit de se soustraire aux règles, de piétiner les lois ? De quoi est-on responsable ? De quoi ne l'est-on pas ?

Dans ces émissions, on interrogeait les témoins dans les rues du quartier, dans les squares, en bas des immeubles. La chaussée Altoufievo est située au nord de la capitale moscovite mais tout me rappelait le quartier où j'avais vécu, au sud de la ville, ses hauts immeubles aux façades grises, ses bâtiments de cinq-six étages aux murs ocre délavés, aux balcons verts rouillés, le même vert que celui des barrières entourant les squares que l'on trouve au cœur de toutes les unités d'habitation organisées en blocs, bâtiments, korpus. Les quartiers résidentiels autour de la ligne circulaire du métro se ressemblent beaucoup, à tel point que, dans chacun des reportages où défilaient les voisins de la famille Khatchatourian, je m'attendais à voir Mitia apparaître à l'écran.

J'avais rencontré Mitia un soir dans les escaliers de l'*obchtchejitie*. Il n'y avait plus d'avant, et je croyais qu'il n'y aurait pas d'autre amour après. Je l'avais emmené dans ma chambre, nous nous étions aimés, tout de suite, sans tactique, sans attente, sans jouer. À l'aube, il m'avait murmuré «*Loretchka, ty potriassaïouchtchaïa* – Loretchka, tu es incroyablement merveilleuse», et ça m'avait fait trembler. Mitia écrivait «Laura, je t'aime» dans la neige, sur la place Rouge, à quelques mètres du Kremlin. Il m'emmenait marcher pendant des heures sur la colline aux Moineaux, à Vorobiovy Gory, près du bâtiment principal de l'université, jusqu'à toucher l'eau de la Moskova de la pointe des pieds. Il m'offrait des roses rouges. Il me prenait à plat ventre, caressait mes hanches, mes cuisses, mon sexe, allongé sur moi, me demandant si je jouissais. Mitia m'avait présenté sa mère, son père, venus lui rendre visite à Moscou, il leur avait dit qu'il partirait en France avec moi, qu'au bout du monde il me suivrait. Il m'avait demandé de quitter ma chambre privilégiée d'étudiante étrangère pour vivre dans la sienne. Nous avions mélangé nos odeurs, nos livres, nos affaires, nous avions acheté au magasin IKEA qui venait d'ouvrir dans la banlieue de Moscou un tapis, une lampe, un petit canapé. Mitia m'avait offert un chat qui vivait avec nous et venait le matin passer ses coussinets sur nos nez.

Mais Mitia ne supportait pas que je fasse des fautes en russe, que je gagne de l'argent en donnant des cours à des enfants privilégiés du centre de Moscou, que j'entre dans des boîtes de nuit réservées aux étrangers dont il était refoulé, lui l'étudiant sans le sou qui venait de Sibérie. Il ne supportait pas que je sois française, que j'aie quelques privilèges, que ses amis me regardent. Il disait que je devais changer, me comporter comme une Russe, sinon à quoi tout cela rimait ?

Mitia disait que je me croyais cultivée mais que je faisais du bruit en mangeant, *ne tchavkaï*, pour qui je me prenais ? Lui faisait du théâtre, il deviendrait acteur, toutes les filles rêveraient d'être à ma place, pour qui je me prenais ? Je n'étais pas assez maigre, je tremblais sur mes talons hauts, je ne savais pas me tenir, pour qui je me prenais ? Il me regardait ranger ses affaires dans le placard de notre chambre en disant : « Tu ne sais toujours pas bien prononcer "chemise" en russe après tout ce temps, tu me fais honte, tu es une nullité. »

Tout cela me revenait en mémoire tandis que je retrouvais les photos de ce garçon que j'avais tant aimé, avec qui j'avais partagé mon lit et mon intimité pendant un an. Je revoyais ses yeux bleus, ses cheveux blonds, sa peau douce et claire, les grains de beauté qui parsemaient son dos, ses cuisses fermes et musclées. Je repensais à notre première nuit ensemble, ce soir de septembre, au conte de fées des premières semaines, au soir où on avait fêté son anniversaire dans ma petite chambre, assis par terre, sur un plaid. Je lui avais offert un sac bandoulière et un beau pull en laine, achetés au centre commercial de la place du Manège, j'avais préparé un gâteau, des bougies, il avait pleuré, sa voix tremblait, personne ne l'avait jamais autant gâté. Il m'avait prise doucement après, il me murmurait qu'il m'aimait. De tous les hommes que j'avais caressés, il avait le plus beau corps.

Parmi mes photos, je suis tombée sur des clichés en noir et blanc pris par Elena, ma colocataire grecque d'origine ouzbek, au tout début de ma vie à l'*obchtchejitie*. Je suis allongée sur un lit, je porte des bottes en cuir et une guêpière en satin noir, une culotte échancrée, mes jambes sont pliées, le haut de mon corps redressé, ma poitrine déborde, on voit les grains de beauté de mon sein gauche, mes longs cheveux blonds tombent sur mes épaules, je tiens une cigarette dans ma main droite, je baisse les yeux. Nous avions dû un peu trop boire, je buvais trop là-bas, alors que j'aurais dû être heureuse, j'avais trouvé mon Mitia. Je suis belle sur cette photo mais j'y vois surtout le sentiment d'angoisse et de vulnérabilité qui m'étouffait, le souvenir des soirs où Mitia sortait sans me donner de nouvelles et ne rentrait pas. Je pleurais, j'ouvrais la fenêtre du neuvième étage, la lune blanche éclairait le lac qui était au pied de l'*obchtchejitie*, il brillait et il m'appelait. J'avais envie de m'y jeter, de sentir la glace craquer, l'eau gelée s'enfoncer dans ma peau comme des pointes de couteau.

La première neige était venue un soir de novembre. J'étais allée prendre un verre avec une amie dans le centre et, quand j'étais ressortie rue Nikolskaïa, de gros flocons tombaient. J'étais rentrée heureuse, dans ce métro unique au monde, et, en arrivant à l'*obchtchejitie*, j'étais tombée sur Elena tout excitée dans notre cuisine. Elle avait invité les Belges Vanessa et François, les Italiens Mirko et Daniela, ils buvaient quelques verres, m'attendaient. On s'était préparés et on avait couru en bas emmitouflés s'amuser autour du petit lac à l'arrière du bâtiment, à l'angle de la rue Kravchenko et de Prospekt Vernadskovo. On avait fait une longue bataille de boules de neige, Mitia riait, il disait que bientôt on serait habitués.

Je m'habituerais effectivement à la neige, au froid glacial, mais tout l'hiver je garderais le même étonnement en observant par la fenêtre des hommes se baigner nus dans un trou creusé sur le lac gelé. On les appelait des morses, Mme Peyronie nous en avait longuement parlé au lycée, et les contempler me fascinait parce qu'on m'avait dit que, même si je le voulais, je ne pourrais jamais les imiter, parce qu'il fallait que le corps tout entier ait été habitué dès l'enfance à la violence provoquée par l'eau glacée. Dans les mois qui suivraient, les fois où Mitia m'insulterait, m'humilierait, me violenterait, je m'imaginerais courir me jeter nue au fond du lac gelé. C'était moi que j'imaginais blesser, pas l'homme qui me heurtait.

J'étais rentrée chez moi à Noël, comme tous les étudiants étrangers de l'*obchtchejitie*. Mitia n'avait pas supporté l'idée que je retrouve ma famille, mes amis. Il était devenu froid et distant, refusant de me dire ce qui n'allait pas, ce qui le tracassait, puis il ne m'avait plus donné aucune nouvelle. Que se passait-il? Que lui était-il arrivé? J'avais passé des heures sous ma couette à pleurer.

La veille de mon retour, il m'avait envoyé un message: «Je serai là demain, je viendrai t'attendre à l'aéroport.» Quand nos regards s'étaient croisés, j'avais vu dans le sien un mélange de rage et de douceur, la joie de me retrouver, la colère que je sois partie loin de lui. Je n'avais pas osé me plaindre de son silence, je n'en avais pas reparlé, on était si heureux, je n'allais pas tout gâcher. Et puis il voulait que j'emménage dans sa chambre, qu'on vive tous les deux, parce que nous deux c'était pour toujours. On se marierait, on aurait des enfants, j'allais vivre avec lui, en Russie, pour la vie. J'avais pris toutes mes affaires, je les avais rangées à côté des siennes, j'étais rassurée. J'avais eu si peur de le perdre quand il ne m'avait plus donné de nouvelles.

J'avais déjà compris que, pour rester près de lui, il fallait que je me taise. Moi qui aimais tant parler, qui avais un caractère bien trempé, j'avais changé ma façon d'être, petit à petit, au fil des semaines, me préparant, sans le savoir, à ce qui suivrait. « Tais-toi, j'écoute de la musique, je n'ai pas envie d'entendre ta voix, ton accent stupide. » Une fois que j'avais été installée dans sa chambre, Mitia s'était mis à me réprimander, tout de moi l'énervait. Et les insultes avaient commencé, de temps en temps, puis presque quotidiennement.

Ma mère et mon frère m'avaient rendu visite en février, Mitia ne l'avait pas supporté. Joyeux, poli, avenant le soir de leur arrivée, il avait fait volte-face dès le lendemain. Sans raison aucune, il avait cessé de leur parler, les avait évités, avait été à la limite de l'agressivité. La semaine suivante, deux de mes amies étaient venues de Paris : il ne leur avait pas adressé la parole, comme si tout ce qui provenait de moi et de mon pays qu'il jalousait devait être maintenu à la porte de notre chambre. Ma mère, mon frère, mes amies repartis, Mitia avait repris son souffle, il s'était excusé, la prochaine fois il se rattraperait, il me le promettait.

Quelques jours plus tard, il avait recommencé ses brimades. Les *pelmeni* étaient trop cuits, je n'avais pas acheté d'aneth pour aller avec la *smetana*, je n'étais bonne à rien, il fallait tout me dire, qu'avait-il fait pour mériter ça ? Je regardais mes larmes tomber sur les *pelmeni*, je gardais les yeux baissés, je ne répondais pas, plus rien n'avait de sens, je perdais toute confiance en moi. Si je m'améliorais, si je faisais tout comme il le voulait, alors il redeviendrait comme au début, le prince russe, doux et blond de ces photos que je n'avais pas regardées depuis si longtemps.

DIX ANS PLUS TÔT

Mikhaïl allume des cierges, vêtu d'un surplis rouge et or, un de ces vêtements longs et droits portés par les hommes d'Église, mais aussi parfois par les servants d'autel, les lecteurs, les chanteurs. Servir l'autel, c'est ce qu'il fait tous les dimanches à partir de quinze heures, en déplaçant des chandeliers, en allumant des cierges, en lisant des textes sacrés. Une habitude à laquelle il ne déroge jamais. Le dimanche après-midi, rien ne peut l'empêcher d'aller prier, communier, se signer. Et il en a des cierges à brûler pour expier les raclées qu'il met de plus en plus souvent à Aurelia, les terreurs qu'il inflige à Serioja, la drôle de vie qu'il impose à Krestina, Angelina et Maria.

« Jésus-Christ est notre roi, entrons en sa présence », le prêtre prie pendant que le chœur entonne « Hrechdagaïn », un chant religieux arménien. Puis il bénit l'assemblée avec le calice qu'il place sur l'autel, tandis que Mikhaïl lui apporte l'encensoir pour les dons et l'eau pour ses mains. *Kristos i metch mér haydnétsav*, « le Christ s'est révélé parmi nous », *Kristos i metch mér haydnétsav*, toute l'assemblée chante en chœur, que la révélation du Christ soit bénie.

Dans son surplis rouge et or, Mikhaïl est fier de tenir l'encensoir, l'eau bénite, d'allumer les cierges devant le retable de l'autel aux décors sculptés, devant tous les fidèles assis sur les bancs de l'église de la Sainte-Résurrection du cimetière arménien Vagankovo. Il assiste aussi parfois à la liturgie dominicale de l'église apostolique d'Olympiski Prospekt, mais c'est à Vagankovo qu'il a le privilège de pouvoir revêtir ce surplis rouge doré.

Il y arrive par la rue Makeeva, dépose de l'argent aux femmes qui font l'aumône à l'entrée, achète de grandes quantités de bougies, reste toujours prier un long moment à la fin de l'office. Une fois, un homme s'est approché de lui, il voulait aller en Arménie mais n'avait pas d'argent, Mikhaïl lui en a donné assez pour le trajet. Il aime répéter qu'il aide toujours si on le lui demande, qu'il ne prête pas, qu'il donne.

« Prenez, mangez, ceci est mon corps qui est distribué, pour vous et pour la multitude, en expiation et en rémission des péchés », dit le père Taniėl. « Amen », répètent en chœur les Arméniens assis les uns à côté des autres sur les bancs de la nef de l'église de Vagankovo. « Buvez-en tous, ceci est le sang de la nouvelle Alliance qui est versé, pour vous et pour la multitude, en expiation et en rémission des péchés. » « Amen, amen, amen », répète Mikhaïl Khatchatourian.

« Tsss, tsss, tiens tes filles, Aurelia Vassilevna, empêche-les de bavasser, qu'elles se taisent, tout de suite. »

Lydia, la mère de Mikhaïl, pince la cuisse d'Aurelia, très fort, sans cesser de regarder son fils qui allume des cierges devant l'autel. Elle tourne la chair d'Aurelia entre ses doigts, sans tourner sa tête à elle, cette petite tête qu'on voit à peine, cachée sous un châle qui recouvre les bourrelets de son corps âgé.

« Oui, pardon, Lydia Ilianovna, excusez-les, c'est que ça fait un peu long pour elles », répond-elle à sa belle-mère du bout des lèvres. Elle aimerait arracher sa main qui pince sa cuisse d'un coup sec. Mais elle ne peut pas. Micha serait furieux, elle n'a rien à dire, c'est comme ça. « Saleté de belle-fille, quelle idée il a eu de nous ramener une Moldave, il n'aurait pas pu choisir une Arménienne ? Ça aurait facilité les choses. » Lydia marmonne entre ce qu'il lui reste de dents, serrant le bout de sa canne avec sa main droite, pinçant toujours la cuisse de sa belle-fille avec l'autre.

Aurelia caresse le dos de Maria, elle parle le plus bas possible, pour ne pas énerver davantage sa belle-mère. Elle garde ses grands yeux baissés, ses épaules affaissées, perdues derrière ses longs cheveux. Krestina, Angelina et Maria ont hérité de l'épaisseur de sa chevelure, mais les leurs sont plus foncées, noir ébène, noir de jais, la couleur qu'avaient les cheveux de leur père quand elles sont nées, la couleur qu'ont encore les cheveux de leurs tantes, Marina et Naira, assises au bout du banc.

Naira peste toute seule, à droite de sa mère, c'est inadmissible que Serioja ne soit pas là, soi-disant malade. Elle n'ouvre pas la bouche, on ne voit pas ses dents, mais on l'entend, malgré la musique qui accompagne la fin de la messe. Mikhaïl leur a dit que son fils était souffrant, c'est vrai, sauf que ça n'est pas la fièvre qui l'a mis au fond du lit. Il aurait fallu qu'il voie un médecin avec ce coquard rouge et noir qui le défigure, Aurelia l'a dit à Mikhaïl mais il lui a ordonné de la fermer. Il ne manquerait plus qu'on vienne lui chercher des histoires, alors que c'est son putain de gamin qui s'attire des ennuis à ne jamais faire les choses comme il le faut.

Le prêtre trempe le pain dans le calice et prie pour que tous ceux qui vont communier en soient dignes, puis il se retourne face à l'assemblée et les invite à se lever. Qu'elles en soient dignes ou pas, Lydia, Marina et Naira sont déjà debout dans l'allée. Libérée, Aurelia passe la main sur sa cuisse droite, elle aura un bleu, sa belle-mère l'a pincée pendant toute l'oraison, pestant dès que les filles bougeaient une jambe, un bras, un doigt. Elles font si peu de bruit pourtant, elles prennent si peu de place, comme tous les enfants qui ont compris qu'ils ne devaient surtout pas bouger, surtout pas parler.

« Maman, c'est bientôt terminé ? » Elles ont parlé d'une seule voix, toutes les trois, soulagées de pouvoir enfin s'exprimer. Neuf, huit et sept ans, elles sont encore petites pour supporter de rester assises sans broncher deux heures d'affilée, mais assez grandes pour comprendre que quelque chose ne tourne pas rond, entre leur grand frère défiguré par un coup de poing qui doit rester caché à la maison et la place qui est faite à leur père, ici, dans cette église, avec cette tunique aussi dorée que les sculptures, que le métal des chandeliers, que la croix de Jésus qui pleure devant elles, dans la petite chapelle derrière l'autel.

La cérémonie sera bientôt terminée mais il y a définitivement quelque chose qui ne tourne pas rond dans le regard de leur mère qui paraît aussi âgée que leurs tantes, qui sont pourtant elles-mêmes plus âgées que leur père. C'est un peu compliqué de compter, mais, si elles n'ont pas tout faux, leur maman a vingt ans de moins que Marina et Naira. Et même si leur maman est beaucoup plus belle qu'elles, elle semble si vieille à présent, trop vieille pour ses trente ans. Sa peau ne brille plus, ses pommettes sont tombées, ses yeux semblent éteints par rapport aux photos de leur baptême à toutes les trois, accrochées au-dessus du buffet dans l'entrée, des photos qui ont été prises ici, avec le père Tanièl, sur lesquelles maman rayonne dans sa veste blanche satinée.

« *Yeghitzi*, béni soit le nom du Seigneur, maintenant et à jamais », les fidèles chantent d'une seule voix. Les tantes et la grand-mère se sont rassises sur le banc, les hosties au fond de leur bouche. Aurelia et ses trois filles regardent de nouveau par terre. Ne pas bouger, ne pas lever les yeux. « Tu es la perfection de la loi, des Prophètes, ô Christ, Seigneur, Notre Sauveur », le prêtre arrive enfin au bout de ses litanies.

J'ai découvert un témoignage d'Aurelia, datant des jours qui ont suivi le drame, dans lequel elle raconte qu'il était déjà tard quand son téléphone avait sonné le soir du 27 juillet. Elle s'était demandé pourquoi Arsèn, le neveu de Mikhaïl, l'appelait à une heure pareille : son cœur avait tout de suite senti que quelque chose de grave s'était passé. Elle avait pris un taxi, et quand elle était arrivée à proximité de l'immeuble, elle avait découvert les proches du père de ses enfants, déjà là, dans la rue, avec un attroupement de voisins, de gens du quartier. Elle était passée à travers la foule et, dix étages plus haut, elle avait trouvé Mikhaïl dans le couloir, la tête en sang.

Le cadavre avait été pris en photo, le mort allongé sur le ventre, devant la porte de son appartement et le mur bleu du palier. « Une des attaques les plus choquantes de la semaine » – « Trois sœurs admettent avoir tué leur père » – « Meurtre ou légitime défense ? » Cette photo marque le début de la couverture médiatique de l'affaire.

« Krestina, Angelina et Maria étaient assises à côté, il y avait du sang partout, je suis devenue hystérique, on m'a calmée quand je suis redescendue », a raconté Aurelia. On ne l'avait pas laissée prendre ses filles dans ses bras. Sur les images filmées à l'arrivée des policiers, les trois sœurs sont assises par terre le long du mur, elles portent des leggings noirs et un t-shirt : un rouge, un gris, un beige. Elles se ressemblent tant, rien de tout cela ne semble réel.

Aurelia a partagé ces souvenirs en revenant sur les lieux du crime. Les filles avaient été emmenées dans un centre de détention provisoire et elle voulait leur préparer quelques affaires. Elles devaient se sentir moites, se sentir sales, avec leurs leggings noirs et leurs t-shirts informes, rouge, gris, beige. Mais la clef de l'appartement ne fonctionnait plus. La mère et la sœur de Mikhaïl avaient demandé à

Arsèn, le neveu du défunt que ce dernier considérait comme son fils, de changer la serrure le soir même. C'étaient eux qui désormais contrôleraient le lieu, qui laisseraient les journalistes filmer l'appartement, qui raconteraient l'histoire, sans flancher, sans sourciller, bien accordés.

Devant la porte de l'appartement verrouillée, Aurelia se souvenait du temps passé là. « Tout le monde avait peur de lui, il ne communiquait normalement et calmement avec personne. Il ne savait pas où se trouvaient l'eau, le pain, il me disait juste apporte ci, apporte ça, tais-toi, nettoie. Il pouvait me réveiller à deux ou trois heures du matin et me hurler dessus. Il me frappait le plus souvent à la tête, je ne le laissais pas battre les enfants, je prenais tout sur moi. » Elle baissait les yeux en prononçant ces mots.

C'est aussi à la télé que j'ai découvert les images de la reconstitution du crime. Quatre jours après le drame, les filles ont été emmenées à l'appartement de la chaussée Altoufievo. Un camion de police s'est arrêté en bas d'un haut bâtiment gris, Krestina, Angelina et Maria en sont sorties menottées. Leurs silhouettes fragiles étaient à peine visibles derrière le dos des policiers. Elles étaient belles malgré leurs traits tirés, frêles, les épaules un peu voûtées, l'une derrière l'autre, avec leurs longs cheveux noirs, leurs yeux noisette et leurs peaux claires. Le bâtiment entier les attendait, et les gens criaient: «Tenez bon! Nous sommes avec vous! – *Dierjities'! My s vami!*» – «Les filles, on va tous vous aider, n'ayez pas peur» – «Laissez-les tranquilles, corbeaux.»

Il y avait tant de monde ce 31 juillet, tant de personnes qui se tenaient devant l'entrée du bâtiment, de journalistes à l'affût des visages des filles, derrière leurs caméras. «C'était dur d'être là, se souvenait Angelina. J'avais peur, mais dans la foule j'ai réussi à voir ma mère, mes camarades d'école venus nous soutenir, ça m'a fait du bien, et je suis sûre que c'est pareil pour Krestina et Maria, j'aimerais tant leur parler.»

Les filles avaient été conduites au commissariat du district juste après le drame, et elles devraient attendre un mois pour que leur mère soit autorisée à leur rendre visite. Seuls des représentants de l'ONK – la Commission de surveillance publique pour la protection des droits humains dans les lieux de détention – avaient pu leur parler avant qu'elles ne soient transférées au SIZO, le centre de détention provisoire. Leurs droits ne leur avaient pas été expliqués, elles avaient été interrogées sans avocat. Elles présentaient des blessures : la jambe de Krestina, l'aînée, était particulièrement amochée. Paniquées, les trois sœurs s'étaient elles-mêmes blessées après le meurtre, affirmant dans un premier temps que c'était leur père qui avait porté les premiers coups, convaincues que personne ne les croirait si elles justifiaient leur acte par des années de violence. Les soutiens de Mikhaïl Khatchatourian leur reprocheraient souvent cette première version des faits.

En arrivant au commissariat, Ivan Melnikov, le secrétaire exécutif de l'ONK pour la région de Moscou, avait trouvé les filles dans des cellules différentes, mais elles racontaient chacune la même chose sur la vie qu'elles avaient menée avec leur père dans l'appartement de la chaussée Altoufievo, les mêmes détails, la même violence.

« Comment va notre chien ? » avait demandé Krestina dès qu'Ivan Melnikov était entré dans sa cellule, soucieuse de la petite boule de poils noirs à laquelle sa plus jeune sœur Maria tenait tant, espérant que sa mère ait pu la récupérer. L'homme avait fait le récit de la scène aux journalistes : j'ai retrouvé son témoignage repris dans de nombreux articles. Racontant à quel point cela avait été difficile que leur père leur interdise de communiquer avec leur mère ces dernières années, Krestina avait longuement pleuré. « Il se moquait tellement de maman. »

Maria, la plus jeune, ne cessait elle aussi de penser à sa mère. Elle pleurait tout le temps, ne semblant pas comprendre ce qui s'était passé, la réclamant sans cesse, sa compagne de cellule s'en souvenait. Et cela ne s'était pas arrangé dans les jours qui avaient suivi la reconstitution à l'appartement : Aurelia était là et elle lui avait encore plus manqué après.

« Quand Angelina et moi nous sommes rencontrés pour la première fois au centre de détention provisoire, elle m'a dit que c'était mieux en prison qu'à la maison », avait expliqué Alexeï Parshine, l'avocat principal des filles. Elles ne semblaient pas effrayées par le fait de se retrouver emprisonnées, ça avait marqué tous ceux qui les avaient approchées, et tous s'en souvenaient deux ans après : les employés de l'ONK, leurs compagnes de cellule, leurs avocats.

« La prison vaut mieux que de vivre avec lui. Dix ans de coups, quatorze ans de harcèlement… Quand il a expulsé maman, il y a trois ans, tout est devenu plus terrible encore, il nous donnait des ordres, il nous empêchait d'aller à l'école. Il prenait des comprimés psychotropes et il devenait de plus en plus agressif. Trois jours avant ce qui s'est passé, il était à l'hôpital psychiatrique, il était resté là-bas presque un mois. » On sentait le soulagement d'Angelina, je l'ai entendue prononcer ces mots sur un enregistrement repris par plusieurs chaînes d'information, dans le cadre d'une audience rendue publique.

Tout le monde s'était mis à parler de Mikhaïl Khatchatourian, mais aussi de son entourage. « Arsèn, le neveu de Mikhaïl, et ses copains ont menacé une grand-mère devant moi il y a une dizaine de jours », confiait Natalia Tchirkova, une habitante de l'immeuble. « C'est la copie de son oncle celui-là, d'ailleurs il a bien veillé à cacher ce qui aurait pu leur causer trop de tort… Je l'ai vu foncer dans l'appartement, tandis que Mikhaïl Sergueïevitch gisait encore sur le sol, pour prendre des papiers, des cartes, des documents, et il est parti avec. » Et aux citoyens qui disaient « mais vous, les voisins, pourquoi n'avez-vous pas appelé, écrit, déposé plainte ? », elle répondait par le biais des journalistes : « On l'a fait, mais tout est resté sans réponse, et au bout de trois ou quatre fois plus personne n'a écrit ni appelé, car eux tous, Mikhaïl, Arsèn, leurs amis, ils nous menaçaient. Ça fait des années que ça dure, on n'en peut plus. »

Malgré ces nombreux témoignages concordants, le tribunal a rejeté, d'une signature expéditive, la demande d'assignation à résidence déposée par les avocats des trois sœurs : elles resteraient en prison jusqu'à la fin de la période de détention de deux mois. Il faudrait attendre la veille de cette échéance pour que les filles soient placées en liberté surveillée. On leur interdisait encore d'utiliser des téléphones portables et Internet, de communiquer entre elles, de quitter leur lieu de résidence temporaire la nuit, et d'entrer en contact avec les témoins et les médias.

Les feuilles commenceraient bientôt à tomber des arbres qui longeaient la rue Baumanskaïa. On était en septembre et le Comité d'enquête avait reçu le compte rendu détaillé de l'Institut Serbski, une structure en charge des examens psychologiques. Ils n'avaient pas été déçus par l'épaisseur du dossier. Trois psychiatres et un psychologue s'y étaient attelés. Ils avaient rencontré chacune des filles à plusieurs reprises, et ils en arrivaient tous à la même conclusion · les coups, les humiliations et les agressions subis par les trois sœurs Khatchatourian avaient généré chez chacune d'entre elles un syndrome de stress post-traumatique et un syndrome d'abus. Il avait en plus été diagnostiqué chez Maria, la plus jeune, une réaction de stress aiguë : elle avait été déclarée folle au moment du crime et transférée au service psychiatrique de la prison. Toutes ces expertises s'étalaient sur des dizaines de pages. Ce serait bien versé au dossier, mais il fallait encore creuser, encore interroger, encore étaler le quotidien du 56 de la chaussée Altoufievo.

«*Biot – znatchit lioubit* – s'il te bat, c'est qu'il t'aime», ce n'était donc pas seulement pour l'amoureux, ça valait aussi pour le père. Et, surtout, il fallait que cela reste calfeutré à la maison. C'était ce que semblaient penser tous les fonctionnaires et députés russes qui insistaient régulièrement dans leurs prises de parole sur le fait que les histoires de violence domestique relevaient de problèmes familiaux privés, et devaient se régler en famille, parce que si l'État s'en mêlait, y regardait de trop près, ça risquait de mettre en danger l'équilibre même des familles et l'existence des valeurs traditionnelles.

Si Aurelia avait pu partir, un jour de novembre 2014, c'était parce que sa mère, son frère et sa meilleure amie la soutenaient. Ils l'avaient vue plus d'une fois se faire tabasser, ils avaient vu Mikhaïl Khatchatourian à l'œuvre et le craignaient. Tous les proches de victimes étaient loin de réagir ainsi en Russie, les violences intrafamiliales étant banalisées et les soutiens rares en dehors du foyer.

« Être victime, c'est être seule contre une famille qui n'accepte pas qu'on lave son linge sale en public, seule contre la police qui intervient rarement, seule contre ses amies qui disent que son mari la bat parce qu'elle est une mauvaise épouse ou une mauvaise mère », se désolait dans un reportage Aliona Eltsvo, la directrice de Kitej, l'un des rares centres d'accueil pour femmes, qui ne disposait que de cinq chambres dans une maison de campagne. Les quelques associations de la société civile qui luttaient pour la protection des femmes et contre les violences conjugales avaient en effet été fermées en 2012, à la suite de la promulgation de la loi contre « les agents de l'étranger ». Cette loi permettait aux autorités de mettre sous tutelle des associations recevant des financements hors de Russie et ayant une « activité politique ».

L'affaire des sœurs Khatchatourian a remis ces défaillances sur le devant de la scène. Au moment où le Comité d'enquête a communiqué ses conclusions, en décembre 2019, une nouvelle proposition de loi sur les violences domestiques a été rendue publique. Porté par Oksana Pouchkina, la députée du parti présidentiel Russie unie, ce projet de loi opposait traditionalistes et réformateurs. Isolée au sein de sa formation, Oksana a dû non seulement affronter les députés d'une Douma composée d'une majorité d'hommes, mais aussi les influents dignitaires de l'Église orthodoxe. Pas moins de deux cents organisations ont adressé une pétition à Vladimir Poutine pour qu'il bloque ces mesures au nom de la protection des « valeurs traditionnelles ».

Fondée par l'activiste Aliona Popova, l'organisation Ti Ne Odna (Tu n'es pas seule) a rendu publiques sur les réseaux sociaux les affaires de meurtre, de tentatives de meurtre et de lésions corporelles auxquelles elle avait accès. Je ressentais le même écœurement à chaque affaire qu'elle partageait. S'il te bat, c'est qu'il t'aime.

C'est sûrement parce qu'il l'aimait que, le 22 septembre 2020, un habitant de Voronej, après une dispute, a incendié la voiture dans laquelle étaient assises sa fille de un an et sa femme. Il a aspergé la carrosserie avec de l'essence et y a mis le feu de l'intérieur avec des briquets. La mère a réussi à ouvrir la portière du véhicule en flammes et à faire sortir sa fille, brûlée au premier degré.

C'est sûrement aussi parce qu'il l'aimait que Sergueï Koukouchkine a violé sa fille d'un an et demi. Et c'est sûrement parce qu'il était le garant de cet amour filial que le tribunal du Tatarstan l'avait acquitté deux fois en 2020, estimant que « l'accusé n'avait aucune envie de satisfaire ses besoins sexuels », faisant fi de l'expertise du médecin ayant examiné l'enfant à l'hôpital et informé la police de la présence de blessures révélatrices d'abus sexuels, et du fait que l'homme ait regardé le jour même une vidéo dans laquelle un homme enfonce son index dans un vagin artificiel.

C'est sûrement enfin parce qu'il les aimait que Mikhaïl Khatchatourian s'en est pris à ses trois filles. « Les douleurs physiques et psychiques infligées par le père à ses filles pendant des années sont considérées comme des circonstances atténuantes mais on ne peut pas affirmer qu'elles constituent le mobile de l'attaque. Elles ne suffisent donc pas à justifier la prise en compte de la légitime défense. » Les conclusions de l'enquête ont été rendues le 14 juin 2019, près d'un an après le crime : Krestina et Angelina, majeures au moment des faits, devraient être jugées pour « meurtre commis en groupe avec préméditation », un crime passible de huit à vingt ans de prison.

Cependant, six mois plus tard, le bureau du procureur général de la Fédération de Russie a refusé d'approuver cet acte d'accusation qui ne faisait pas mention des « graves violences » perpétrées par Mikhaïl Khatchatourian sur ses filles. Cette annonce n'a pas plu aux enquêteurs de la rue Baumanskaïa qui ont fait appel de la décision, relançant la procédure pour plusieurs mois, ramenant les témoins, les connaissances, les amis de la famille sur les plateaux télévisés, faisant repartir les débats sur le bien-fondé de la prise en compte de la légitime défense, renvoyant les journalistes au pied du korpus 1 du 56 de la chaussée Altoufievo.

Quelques dizaines de citoyens se sont alors rassemblés à Moscou, devant la cathédrale du Christ-Sauveur, pour manifester leur soutien aux filles. En découvrant ces images, j'ai eu envie de rouvrir ma boîte à souvenirs et j'ai retrouvé les photos d'un long après-midi de balade avec ma colocataire Elena. Il y a plein de photos de nous deux devant les coupoles dorées de ce temple orthodoxe, le plus haut du monde. On était en octobre 2004 et ce moment avait été immortalisé par Vlad, un gentil garçon qu'Elena avait pris sous son aile. Il venait souvent boire des thés longuement infusés dans notre petite cuisine, la seule cuisine individuelle de tout l'*obchtchejitie*. On était des étudiantes étrangères, et on nous avait offert ce privilège sans qu'on n'ait rien demandé.

Vlad était gay, il semblait apprécier les fous rires d'Elena et son esprit ouvert, et je n'ai pas souvenir d'avoir entendu de moqueries au sujet de son homosexualité dans la bouche des autres étudiants russes qui peuplaient désormais notre cuisine franco-gréco-ouzbek. Mitia, qui passait déjà toutes ses nuits dans mon lit, avait plusieurs amies lesbiennes. Il trouvait l'homosexualité très cool et presque underground. La chanson « On tebia tselouïet », « Il t'embrasse », résonnait dans tous les magasins, tous les bars, tous les autoradios des voitures qu'on pouvait encore appeler d'un claquement de doigts pour qu'elles se transforment en taxi de fortune, bien avant le règne des VTC. Le clip de ce tube du groupe pop Ruki Vverh! mettait en scène une femme « transgenre » – enfin, un homme qui s'habillait en femme parce qu'on ne disait pas transgenre à l'époque – et tout le monde semblait trouver ça très moderne.

Aujourd'hui, on casse de l'homo dans les rues de Moscou et les députés de la Douma condamnent régulièrement l'homosexualité, raillant la déliquescence morale des pays occidentaux qui autorisent le mariage pour tous. Même Mitia n'a plus l'air de trouver ça spécialement cool et underground : en réponse à l'un des rares messages que nous nous sommes envoyés au cours de la dernière décennie, dans lequel je lui demandais s'il avait un mari, il m'a répondu qu'en Russie les hommes ne se marient pas avec des hommes. Ce n'était qu'une simple erreur de langue de ma part car, en russe, on dit *jenit'sia* (se mettre avec une femme) et *vykhodit' zamouj* (partir avec un homme) pour se marier, mais mon utilisation du verbe dédié aux femmes pour m'adresser à lui n'avait pas eu l'air de le faire rire. La société s'était-elle tant durcie en quelques années, à l'image de mon ancien amoureux? Ou était-ce moi qui, étourdie par tout ce que j'aimais tant là-bas quand j'y vivais, ne voyais pas l'intolérance ambiante à l'égard des homosexuels, n'imaginais pas non plus qu'une femme sur cinq autour de moi se faisait frapper par son conjoint?

NEUF ANS PLUS TÔT

Ludmila Konstantinovna invite les parents à rejoindre les chaises installées dans la cour de l'école, vitupérant contre ceux qui se sont agglutinés devant la grande scène dressée pour l'occasion. Il faut que le spectacle commence au plus tôt, parce que, cet après-midi, tous ceux qui le souhaitent doivent être à l'heure pour rejoindre la place Rouge où les chars stationnent depuis plusieurs jours déjà, et d'où le feu d'artifice sera tiré. La journée va être longue. Alors ce matin il faut que tout se passe au rythme prévu, et ça, Ludmila y veille, comme elle veille chaque jour de l'année scolaire à ce que les élèves rejoignent rapidement leur classe après chaque sonnerie, ne se bousculent pas en entrant dans la *stolovaïa* pour aller manger leur *kacha* du milieu de matinée, ne se chamaillent pas entre les différentes leçons. Elle voit tout, derrière chaque porte, au détour de chaque couloir, au coin de chaque série de porte-manteaux. Elle a l'œil vif et silencieux de celles et ceux qui ont connu le temps d'avant.

Dans les années soixante-dix, elle a d'abord travaillé dans un *obchtchejitie*, et il fallait sacrément les surveiller les étudiants de l'époque, avec le vent de liberté qui soufflait, les *blue-jeans*, les disques de rock que certains parvenaient à se procurer au marché noir, et l'envie de découvrir le monde que ça leur donnait. À cette époque, elle venait de terminer ses études et occupait un poste administratif subalterne, comme il y en avait tant alors. Tout le monde devait avoir un travail, alors on avait inventé plein de besoins, comme autant de strates opacifiant toujours un peu plus le système, et ça ne s'était pas arrangé quand Gorbatchev était devenu premier secrétaire du Parti, quelques années plus tard, malgré ses promesses de réformes.

Ludmila travaillait au département administratif de l'Université d'État de Moscou, celui qui s'occupait de l'enregistrement des étudiants. Chaque citoyen soviétique devait se faire connaître auprès des autorités locales dès qu'il arrivait dans une nouvelle ville et y restait plus de quelques jours. Les étudiants, eux, étaient enregistrés pour une année universitaire complète. Ludmila avait passé plusieurs années à ce poste. Puis, au milieu des années quatre-vingt-dix, elle avait été nommée responsable administrative dans cette petite école du district nord-est de Moscou, une belle promotion. C'était elle qui coordonnait le travail de tous les enseignants, mais elle avait aussi gardé, de ses nombreuses années consacrées à tamponner des papiers administratifs, des *propouski*, des *reguistratsii*, l'habitude de surveiller, de tout contrôler, surtout les élèves.

« Oui, Ludmila Konstantinovna ; entendu, Ludmila Konstantinovna ; on est prêts, Ludmila Konstantinovna. » Toutes les voix se mélangent. Elles font un sacré boucan les huit classes de l'école élémentaire du quartier réunies dans le hall de l'entrée, un sacré boucan toutes ces petites têtes de six à dix ans rassemblées pour chanter le souvenir de la Grande Victoire de 1945. Le 9 mai tombe un samedi cette année, il fait beau depuis quelques semaines déjà, le printemps est venu d'un coup, la neige a fondu à toute vitesse, laissant pousser l'herbe, fleurir les bourgeons, gonfler de fleurs les parterres au centre des grandes avenues qui quadrillent la capitale.

La fête bat son plein, c'est un jour important pour tout le monde en Russie, c'est le jour de la Victoire. Et la musique résonne à tue-tête à présent dans la cour de l'école n° 4 Bibirevo, tandis que les enfants s'y déversent en cadence, deux par deux, les uns après les autres, pantalons et vestes militaires pour les garçons, jupes et vestes militaires pour les filles, chapeaux de garnison identiques à ceux que portaient les soldats soviétiques il y a soixante-quatre ans, grosses ceintures kaki avec boucles en métal, sandales en cuir noir. La musique est presque couverte par les applaudissements des parents, et les enfants continuent à défiler fièrement, les uns derrière les autres.

Parmi les parents qui applaudissent et agitent leurs drapeaux, Aurelia a les yeux qui brillent. Ses trois filles sont les plus belles avec leurs longs cheveux nattés, leur grâce, la fragilité de leurs nuques. Angelina et Maria se tiennent la main, elles sont toutes les deux en troisième classe, l'équivalent de notre CE2. Angelina est entrée à l'école avec un an de retard, mais les deux fillettes n'ont de toute façon que quelques mois d'écart. Ce fut deux grossesses très rapprochées. Mikhaïl n'a pas laissé Aurelia récupérer, il l'a violemment forcée ce soir-là encore, la nuit où Maria s'est nichée au creux de son ventre, mais elle n'y est pour rien la petite, et elle a aimé la porter, même si elle était exténuée, avec Angelina à allaiter et Krestina, alors âgée d'un an et demi. Krestina qui ferme aujourd'hui la parade des enfants pour rejoindre l'arrière de la scène. Dire que dans quelques semaines elle quittera cette école élémentaire pour entrer dans le secondaire… C'est passé tellement vite qu'Aurelia en a les yeux qui brillent de plus belle, comme si elle se rendait compte à l'instant que son aînée a désormais dix ans.

Sur scène, Angelina et Maria se tiennent toujours la main, leurs lèvres s'ouvrent à l'unisson, elles sont fières dans leurs uniformes militaires, on dirait des jumelles. Elles ont souvent du mal à se séparer, même quand on le leur demande, comme si c'était la clef du bonheur que chacune tenait serrée dans le creux de la main de sa sœur. « Elles peuvent pas se lâcher la main ces deux-là ? Toujours collées l'une à l'autre... » Mikhaïl peste sur la chaise à côté d'Aurelia, épongeant son front humide d'un de ces mouchoirs en tissu qu'il a toujours dans sa poche, les cheveux grisonnants collés aux tempes, le ventre débordant du jean.

La musique qui a accompagné l'entrée des élèves dans la cour s'arrête d'un coup. Les parents applaudissent et applaudissent encore, parlent entre eux, montrent leur progéniture du doigt et agitent toujours leurs petits drapeaux blanc-bleu-rouge. Les premières notes d'un nouveau morceau retentissent et les mains ne cessent de rebondir les unes contre les autres, à tel point que Ludmila Konstantinovna, qui veille à la bonne tenue du spectacle, finit par prendre un micro pour demander à tout ce petit monde le silence. « Mesdames et messieurs, silence, s'il vous plaît, attention, la représentation va commencer. » Le ton est si blanc, si sec, qu'on dirait la voix d'une de ces femmes qui, enfermées dans une petite cage en verre en bas des escalators du métro moscovite, répètent immuablement les mêmes phrases à longueur de journée tandis que la foule plonge sous terre sans jamais les regarder. « Quelle vieille fille celle-là ! » La phrase, prononcée par une voix masculine, fait pouffer de rire autour.

« *Den' Pobedy, Den' Pobedy* », les enfants entonnent en chœur les premiers vers du chant patriotique et, au début de chaque couplet, l'un d'eux sort des rangs, rejoint le micro installé sur le devant de la scène et entonne les paroles que tout le monde connaît. « Qu'il était loin de nous le jour de la Victoire, fondant comme un charbon dans un feu éteint, il était à des kilomètres brûlés dans la poussière… » Krestina a la voix qui porte. Sur sa chaise, Mikhaïl continue d'éponger son front suant à grosses gouttes et rit, s'égosille. « Qu'est-ce qu'elle chante bien, la petite ! » commentent deux femmes assises derrière lui. Mikhaïl se tourne vers elles, le torse bombé. Il ne les connaît pas, il ne connaît personne ici car il ne fréquente pas l'école, n'y accompagne jamais les filles, ne vient jamais les chercher, « c'est ma fille, répète-t-il, c'est ma fille », sourit-il.

« *Den' Pobedy, Den' Pobedy*, le jour de la Victoire. » Aurelia se retourne également, avec un sourire gêné. Elle sait que Mikhaïl épie les filles par la porte de la salle de bains, et pas une seule fois comme ça, pas une fois qui pourrait passer pour un hasard, où elle pourrait s'être trompée. Chaque jour ou presque désormais, Aurelia sent le regard de son mari sur ses filles quand elles sortent nues de la douche, sur leurs corps d'enfants, et elle en a des frissons. L'autre jour, elle a demandé aux filles de toujours fermer la porte : « Vous êtes grandes maintenant, vous pouvez vous laver toutes seules, vous n'avez pas besoin de nous. » Mais Mikhaïl a dit que non, vraiment, non, ce n'était pas nécessaire, qu'il préférait les avoir à l'œil – va savoir ce qui peut leur passer par la tête, elles sont si petites encore !

La musique et les voix des enfants résonnent longtemps, et les applaudissements des parents bruissent comme des torrents. Ludmila Konstantinovna finit par monter sur scène pour remettre les prix d'excellence. Angelina, Maria et Krestina en reçoivent chacune un. Ce sont de si bonnes élèves, si attentives, si appliquées. Krestina et Angelina sont passionnées par les mathématiques, elles comprennent tout aux chiffres, et ça fascine Aurelia qui n'y saisissait pas grand-chose quand elle était petite. Et puis il y a Maria qui veut devenir vétérinaire. Elle dit qu'on peut davantage faire confiance aux animaux qu'aux gens, alors elle veut s'occuper d'eux et elle le fera à merveille, sa mère en est certaine, elle qui du haut de ses huit ans s'occupe déjà si bien de Tchiornik, le petit chiot qu'elle a eu pour son dernier anniversaire. Mikhaïl l'a ramené du grand marché Oussatchevski, à la sortie du métro Sportivnaïa. C'est rempli d'Arméniens comme lui là-bas, il va souvent y traîner et y vendre Dieu sait quoi. La petite était folle de joie.

Il est gentil parfois Micha, il n'est pas toujours violent. Peut-être que c'est aussi sa faute à elle, Aurelia, comme il le dit tout le temps, peut-être que c'est elle qui l'énerve en ne faisant pas tout bien comme il faut et qu'elle se fait des idées pour la salle de bains.

En mai 2009, la famille vivait encore au complet dans le trois-pièces de la chaussée Altoufievo. Les filles allaient à l'école élémentaire, Moscou changeait mais ressemblait toujours à la ville dans laquelle j'avais vécu quatre ans plus tôt.

Je ne me souviens plus très bien de ce que Mitia et moi avions fait ce 9 mai 2005. Pas de chars, pas de place Rouge, pas de défilé, il trouvait ça surfait. Mais sûrement, avant de profiter du grand feu d'artifice de la soirée, une longue promenade jusqu'à la colline aux Moineaux : c'était l'un de mes endroits préférés et Mitia se souciait encore parfois de ce qui me plaisait. Nos moments de douceur et de légèreté étaient devenus de plus en plus rares, et peu de monde comprenait ce que je fabriquais avec lui depuis qu'on s'était fait braquer dans notre chambre.

Ce soir-là, on avait frappé à la porte, il avait ouvert tandis que je me tenais un peu en retrait, découvrant deux types qui ressemblaient aux héros de *Boumier*, un film qui faisait un véritable carton et dont nous écoutions inlassablement la bande originale parce que plusieurs chansons avaient été composées par le groupe Leningrad. La *boumier*, c'était la BMW avec laquelle ces bandits, que le film romantisait, faisaient les quatre cents coups. Rien ne me parut romantique quand ceux qui venaient d'entrer dans notre chambre pour nous réclamer de l'argent s'adressèrent à nous. Je ne me souviens pas précisément des phrases prononcées, juste que mon petit ami vendait de l'herbe par leur intermédiaire. Je le soupçonnais d'avoir investi une somme d'argent provenant de mes bijoux récemment disparus. Il leur devait encore du fric, les types proposaient de prendre mon ordinateur portable en dédommagement, Mitia ne répondait rien et regardait par terre.

Ça m'avait mise dans un état de fureur. J'avais enfilé ma doudoune noire sur la nuisette que je portais, parce qu'il était tard et que je m'apprêtais à me coucher, et j'avais serré mon ordinateur contre moi. Je l'avais eu pour mes vingt ans, c'était mon tout premier et j'y tenais. Je détestais Mitia de manquer à ce point de courage. Un des types avait dit qu'il était de la police, entrouvrant sa veste pour me montrer qu'il était armé.

J'avais parlé très fort, je ne pouvais plus m'arrêter, je lui avais crié qu'il mentait, que je n'étais pas une idiote, qu'il croyait que je ne comprenais rien parce que j'étais française mais que je comprenais très bien, et que lui, il fallait bien qu'il intègre de son côté que je n'allais rien lui donner, rien payer, que j'allais hurler, prévenir mon consulat, pour qui ils se prenaient? Je ne savais pas ce qui les avait convaincus de s'en aller; j'avoue qu'aujourd'hui encore j'y repense avec un peu de fierté, même si, au fond, cela aurait pu très mal tourner. Je m'en étais rendu compte quand nous avions raconté l'affaire à notre ami Khatchatour, un étudiant arménien de dix ans notre aîné, qui avait fait appel à son réseau pour persuader ces types de nous laisser en paix.

On passait de nombreuses soirées dans la chambre de Khatchatour, à boire, chanter et fumer. J'aimais aussi beaucoup y aller seule pour discuter, prendre le thé, l'écouter me parler de son pays, de ses projets artistiques. Quand je regarde aujourd'hui ses créations sur les réseaux sociaux, lui qui est devenu un architecte d'intérieur suivi par plus de quarante mille abonnés sur Instagram, j'y retrouve le style des dessins qu'il accrochait partout dans sa chambre, du tableau qu'il m'avait offert pour mes vingt ans, avec lequel j'avais pris l'avion pour les vacances de Noël et qui doit encore être chez mes parents à Angers.

C'était aussi l'époque où mon amie Marina et moi passions des heures et des heures à parler de nos vies, de nos enfances, de nos pays, de nos sentiments, assises dans sa petite chambre du septième étage de l'*obchtchejitie* à vider nos bouteilles de Baltika 5 et nos paquets de *kalmary*. Le magasin *prodoukty* de l'autre côté de la rue Kravchenko était ouvert jusque tard dans la nuit, et il nous arrivait souvent de redescendre à des heures indécentes y acheter nos précieuses denrées. Ça faisait un drôle de bruit de verre dans les sacs en plastique blancs avec lesquels on remontait, mais les *okhranniki*, les gardes de sécurité à l'entrée, s'y intéressaient moins qu'aux laissez-passer qu'il nous fallait constamment montrer, car depuis son bureau l'administration les surveillait, grâce à un système de caméras aussi vieux que les gardiennes d'étage trônant jalousement à côté des machines à laver.

Comme j'aime croire que je n'ai pas choisi de raconter l'histoire des sœurs Khatchatourian par hasard, j'imagine parfois que je les ai croisées dans les rues de Moscou quand j'y vivais. Nous résidions dans des quartiers diamétralement opposés, mais il y avait quelques lieux où, alors enfants, elles auraient pu aller : la colline aux Moineaux, le parc Gorki, le cirque, le complexe soviétique VDNKh, le marché Garbouchka où Mitia et Khatchatour aimaient m'emmener acheter CD et DVD, les étangs du Patriarche où je me rendais chaque semaine pour aider deux petits Franco-Russes à faire leurs devoirs. Anton et Kostia avaient six et sept ans quand Krestina en avait cinq ou six. La fillette s'apprêtait à entrer en première classe, et elle était si appliquée qu'elle paniquait à l'idée de s'enrhumer et de manquer un jour d'école. Dix ans plus tard, après le départ d'Aurelia, Mikhaïl Khatchatourian n'aurait de cesse de couper ses filles de tout ce qui les reliait au monde extérieur et, petit à petit, de l'école.

L'année avant l'assassinat, alors que Krestina décrochait de ses études de médecine à cause de ses absences répétées, Angelina et Maria ne s'étaient rendues que sept jours au lycée, sept jours sur la totalité d'une année scolaire, en tout et pour tout. Le directeur du lycée l'avait confirmé. Quelques membres du personnel disaient avoir appelé à plusieurs reprises et être même venus à l'appartement pour demander des explications. La mère et les sœurs de Mikhaïl leur auraient fait savoir que Mikhaïl Khatchatourian était malade et avait besoin de la présence de ses filles à ses côtés. D'après leur frère Serioja, qui vivait à l'époque en dehors du foyer mais parvenait à échanger régulièrement avec ses sœurs par téléphone, leur père avait d'ailleurs fini par en avoir assez de ces appels, il s'était rendu sur place pour menacer l'équipe pédagogique. Il était malade, il n'avait de comptes à rendre à personne, il ne fallait pas l'emmerder.

Pourtant, personne n'avait jugé bon d'alerter qui que ce soit. Ni la commission des mineurs, ni les services de protection de l'enfance, ni le département des affaires intérieures du district, ni le parquet n'avaient pris la mesure de ce qui se jouait. Ils avaient négligé leur pouvoir, ils avaient négligé les filles, ils ne leur avaient fourni aucune assistance.

« Aussi loin que je me souvienne, il nous a toujours battues. » Angelina ne cesse de parler, comme si elle se rattrapait de ces années emmurée dans le maudit appartement où tout s'est passé. « Il ne nous laissait aller nulle part, pour que les gens ne voient pas les ecchymoses et les traces de coups. À l'école, pourtant, personne n'y prêtait attention, ni au fait que nous manquions des cours. Seule une psychologue a essayé de nous parler. Parfois, ça sonnait à notre porte d'entrée, nous pensions que c'était la police ou les autorités de tutelle qui venaient voir comment nous allions. Mais mon père n'ouvrait tout simplement pas la porte, et c'était tout. Un policier est venu une fois, papa l'a menacé. Il y a même une vidéo de cette scène, mais elle a été supprimée, et tout a été étouffé. Il avait des relations mais je ne sais pas exactement ce qu'il faisait. Je sais juste qu'il y avait les propriétaires de magasins qui devaient lui rapporter de l'argent. » On appelait cela du racket depuis les années quatre-vingt-dix, et cela s'ajoutait au palmarès bien fourni de Mikhaïl Khatchatourian.

Quand j'étudiais à la faculté des Langues étrangères de l'université Lomonossov, l'une de mes professeures nous avait fait une leçon sur l'éducation en Russie, «*vospityvat' droug drouga* – s'éduquer l'un l'autre», ce qui m'avait permis de mieux comprendre pourquoi certaines grands-mères m'interpellaient dans la rue pour me dire que je ne faisais pas les choses comme il le fallait, pour «m'éduquer».

«*Devouchka!* Jeune fille!» En russe, on s'adresse à ses interlocuteurs avec les termes «jeune fille», «jeune homme», «femme», «homme». On utilise bien plus rarement les équivalents de «Monsieur» et «Madame», et plutôt dans un contexte officiel. «*Devouchka*, il ne faut pas s'arrêter là, *devouchka*, il ne faut pas prendre le bus, vous irez plus vite en métro, *devouchka*, il ne faut pas laisser votre sac entrouvert comme ça, vous allez vous faire voler.» «*Ribiata!* Jeunes gens! Ne faites pas ceux qui ne veulent pas comprendre! Mikhaïl Khatchatourian éduquait ses filles sévèrement, c'était juste un père strict et exigeant», affirmaient ses défenseurs. Ce à quoi Alexeï Parshine, l'avocat principal des filles, répondait: «Ce n'était pas une relation père-filles. La violence physique dont nous parlons était la pointe de l'iceberg. Il y avait en plus du harcèlement quotidien, il leur interdisait d'aller se coucher, les envoyait au coin alors qu'elles étaient déjà grandes, les empêchait d'aller aux toilettes ou de manger. Il y avait une relation criminel-victimes dans tous les aspects de la vie quotidienne. »

L'éducation est une notion très importante en Russie, et elle était centrale pendant la période soviétique. L'art y occupait une place importante, même si son expression officielle était contrôlée par le pouvoir, l'université était gratuite, et cet amour de la culture était très présent dans la société. Quand je vivais à l'*obchtchejitie*, j'ai aimé que mes amis connaissent tant de textes, tant de vers, que Mitia et son meilleur copain Roman soient capables de me déclamer Ossip Mandelstam et Boris Pasternak ivres morts, que Marina connaisse par cœur la poésie d'Anna Akhmatova et de Marina Tsvetaïeva, que Khatchatour cite Dostoïevski dans le texte. Et j'ai aimé cela d'autant plus qu'ils venaient de milieux modestes : Mitia était né à Nijnevartovsk en Sibérie, son père conduisait des trains ; Marina venait de Tcherepovets et d'un milieu ouvrier ; Khatchatour avait grandi dans un village perdu des montagnes du Caucase, bien loin de Erevan. L'université était déjà payante dans la Russie des années deux mille qui nous avait vus nous rencontrer, mais ils étaient nés avant les privatisations sauvages, avant la vulgarité des nouveaux riches, avant la liberté de penser aussi. C'était un fait que personne ne niait. Toutefois, la catastrophe économique des années quatre-vingt-dix avait laissé de telles traces que certains n'avaient plus vraiment le temps de penser.

La pandémie de Covid-19 a commencé trois mois après mon dernier séjour à Moscou, et Marina et moi nous sommes beaucoup appelées pendant les différentes phases de restriction de liberté qui ont ponctué la période. Quand les Russes ont commencé à développer un vaccin, le Spoutnik V, on n'en a pas voulu en Europe, et j'en ai été préoccupée, parce que je savais que cela ne ferait qu'aggraver les incompréhensions de part et d'autre, encore. « Mais pourquoi voudrions-nous envahir l'Europe ? » m'avait demandé, hilare, le chauffeur de taxi qui me conduisait chez Marina et Jonas la dernière fois que j'y étais allée. Il riait en disant ça, comme si c'était « une véritable blague », *choutka takaïa*, et je riais aussi car j'avais bien conscience que plus on les caricaturait, plus ils se tendaient. Le 9 mai 2015, lors de l'anniversaire des soixante-dix ans de la victoire de 1945, François Hollande avait refusé de se rendre aux commémorations suite à l'annexion de la Crimée et les Russes l'avaient vécu comme un affront. Vingt ans plus tôt, dans une dynamique d'ouverture, François Mitterrand était, lui, venu saluer la force et le courage d'un « peuple patriote », d'un « peuple créateur », pour dire que « quand tout paraissait perdu dans ce pays, tout pouvait encore être sauvé ».

Voir au-delà des caricatures ne signifiait pas nier le problème du pouvoir en Russie : Vladimir Poutine ne le lâchait plus et ceux qui appréciaient quinze ans plus tôt ce que leur président leur avait rendu – leur dignité perdue dans l'errance des années Eltsine, les privatisations sauvages, la spoliation de tout ce pour quoi ils avaient travaillé –, tous ceux-là me disaient aujourd'hui que ça n'était plus possible, que le pouvoir, il fallait que Poutine le rende désormais. Il y avait de la corruption, des privations croissantes de liberté, l'opposition politique était muselée, les activistes menacés et emprisonnés, les organisations de défense des droits humains démantelées. La justice n'était pas indépendante, les défenseurs des valeurs traditionnelles et d'une vision rigoriste de la famille étaient tout-puissants : on le voyait dans le traitement juridique des violences domestiques et de l'affaire des sœurs Khatchatourian. Mais ce n'était pas tout, le peuple russe ne se limitait pas à cela. Le traitement médiatique qu'on en faisait en France était souvent biaisé, empli de clichés. J'avais depuis longtemps cessé d'en parler avec tous ceux qui ne connaissaient pas l'espace post-soviétique, parce que c'était inutile.

En revanche, on échangeait souvent sur nos pays avec Marina. Je me souviens de l'avoir rassurée dès mon retour de Moscou en novembre 2005 en lui promettant que toutes les rues de Paris ne brûlaient pas pendant les émeutes de banlieue. Elle m'a crue même si ce son de cloche ne correspondait pas du tout à ce que les médias russes lui montraient. Je l'ai écoutée me raconter que sa tante, sa grand-mère et ses cousins avaient dû quitter leur village d'Ukraine en 2014, menacés par des combattants, et ces événements trouvaient peu d'écho dans les médias français. Avec Marina, quand on parlait de l'actualité, on ne se blessait jamais, on s'était promis de toujours s'écouter, un moment un peu grave au début de notre amitié, dans un café à la sortie du métro Universitet, quelques jours après une soirée dont le souvenir, aujourd'hui encore, me paralyse.

Mitia était venu me chercher dans la chambre de Marina à l'*obchtchejitie*, un étage en dessous de celui où l'on vivait. Nous étions quatre ou cinq, réunis pour plaisanter autour de quelques bouteilles de Baltika 5. J'étais assise à côté de Cosmo, un étudiant anglais que mon petit ami jalousait. Il m'avait traînée par le bras, dans le couloir, projetée contre les parois de l'ascenseur, poussée à l'intérieur de notre chambre. Puis il avait fermé la porte à clef. Pendant ces longues minutes au cours desquelles je me débattais, il n'avait cessé de crier : « Tu me prends pour un con ? Tu crois que j'ai pas vu comment tu te fais draguer par l'Anglais ? » Marina était venue toquer : « Mitia, ouvre, je veux voir si Laura va bien, Mitia, ouvre cette porte, je vais appeler les gardiens. » Mitia avait ouvert, il l'avait insultée, plaquée contre le réfrigérateur, elle m'avait demandé de l'aide du regard.

Je n'avais rien dit, pas un mot, comme quand il me criait : « Tu es une pute, une salope, une traînée, pourquoi je t'ai rencontrée ? » Pas un mot ne sortait. Quelques semaines avant cette soirée, Mitia m'avait poussée par terre, il m'avait donné des coups de pied, sur le sol de cette chambre que nous avions décorée ensemble, à côté de notre chaton qui me regardait. Je m'étais relevée, redressée, je l'avais frappé au visage, et la dent qu'il avait fait réparer était tombée.

Mitia me volait, me mentait, me tapait, et moi je restais. J'étais sûre qu'il allait changer, redevenir mon prince russe, mon ange blond, je ne pouvais pas m'être trompée. Ses insultes résonnaient, je les entendais, je les comprenais, mais elles n'avaient pas le même impact sur moi que leurs équivalents français. Dans ma langue maternelle, ces insultes auraient fait écho à des scènes de violence qu'on m'avait racontées dans ma famille, à d'autres que j'avais vues à la télé, et j'aurais eu honte de baisser les yeux, de ne pas me révolter. En russe, ces mots ne percutaient pas la même mémoire, ne me renvoyaient pas aux mêmes limites : je les comprenais mais je les mettais à distance, ils ne s'imprimaient pas dans mon cerveau, et je restais.

À la fin de l'année universitaire, j'étais rentrée en France. Je devais revenir en septembre, nous devions poursuivre notre vie à deux, et Mitia m'avait envoyé un message : « *Ty doura, a ia oumnyï. Ia tebia nikogda ne lioubil i ne boudou. Vsio, konechno nachel drougouïou.* » Ces mots-là, en revanche, s'étaient imprimés, je ne les avais jamais oubliés, ni en russe, ni en français : « Tu es bête et je suis intelligent. Je ne t'ai jamais aimée et je ne t'aimerai jamais. C'est terminé, bien sûr j'en ai déjà trouvé une autre. »

Après avoir été molestée par Mitia, Marina m'avait envoyé un message me donnant rendez-vous au café Pivnaïa 01, à la sortie du métro Universitet. Elle avait pleuré. Je ne l'avais pas protégée, je l'avais blessée. Elle m'aimait, mais si une telle chose se reproduisait, notre amitié serait terminée. Je ne l'ai plus jamais blessée, nous ne nous sommes plus jamais blessées, et c'est sûrement un peu grâce à ce moment-là qu'on peut toujours parler aussi librement aujourd'hui, quinze ans après.

Je n'avais pas bougé quand l'homme que j'aimais avait agressé mon amie. Je savais que l'emprise anesthésiait, mais je portais aussi une part de culpabilité.

Je préférais me souvenir de la jeune femme courageuse qui avait fait sortir de sa chambre les bandits russes venus réclamer de l'argent à son petit copain tétanisé, plutôt que de celle qui avait laissé son amie venue la défendre se faire maltraiter sous ses yeux. Quelques semaines s'étaient écoulées entre ces deux moments, et l'emprise que Mitia exerçait sur moi n'avait cessé de croître. Les scènes de violence se répétaient, s'intensifiaient. J'étais sidérée de les accepter, mais je ne partais pas. Comment être sûre, alors, que j'aurais été de celles qui protègent leurs enfants d'un compagnon violent ? J'aime à croire que j'aurais réagi, je crois que oui, mais au fond je n'en sais rien.

SEPT ANS PLUS TÔT

Une princesse, une reine. Maman est si belle, assise sur ce drap en lin beige, sous les derniers rayons du soleil de septembre, avec dans ses cheveux les reflets de la coupole dorée de l'église de l'Exaltation-de-la-Sainte-Croix. Elle a cuisiné plein de bonnes choses qu'elle a disposées dans un panier, des *bouterbrody*, ces petits sandwichs au fromage et au saucisson qu'elle sait si bien préparer, des tomates bien mûres, des pommes de terre qui ont longtemps cuit, au four dans du papier alu, et sa délicieuse salade olivier. Babouchka lui a appris la recette en Moldavie. Maria aimerait tant y aller dans ce pays où maman a grandi, au lieu d'être ici, autour du petit lac du parc d'Altoufievo. C'est un pique-nique improvisé auquel papa a invité une douzaine de personnes. Maman a tout préparé, et Maria ne comprend pas pourquoi il crie sans arrêt sur elle.

Mikhaïl et sa mère Lydia ont l'habitude de se mettre à deux pour réprimander Aurelia. Ils se répondent l'un l'autre dans un faux dialogue qui peut durer de longues minutes, et reprend, sans raison aucune, à n'importe quel moment. Aurelia se fait pourtant très petite, pour qu'on l'oublie. Elle garde toujours les yeux baissés, parce qu'elle sait que ça excitera son mari et sa belle-mère s'ils voient ses larmes monter. Ce qui lui met du baume au cœur, ce qui l'apaise, c'est de sentir sur elle le doux regard de Maria, qui s'assied toujours à côté d'elle. Serrant doucement sa main dans la sienne, elle semble, du haut de ses dix ans, comprendre tout ce qui se joue ce samedi de septembre qui ressemble à tant d'autres de ces moments que sa mère subit depuis près de quinze ans.

Mamotchka, ma petite maman, si je le pouvais je t'emmènerais très loin, je mettrais nos affaires les unes contre les autres dans ta vieille valise grise et noire à carreaux, je mettrais les tiennes et les miennes, celles de Serioja, de Krestina et Maria, tout serait mélangé, tout serait froissé, mais tu t'en ficherais, parce que toi, tu ne nous grondes jamais. Tu me dirais « merci, Angelina, merci ma chérie, d'avoir tout préparé », et puis on partirait très loin tous les cinq, on prendrait babouchka avec nous, et oncle Andreï et tante Olga, et on filerait vers le petit village de Moldavie où tu as grandi. On passerait par Chisinau, on traverserait les vignes de Cotnari et on arriverait devant les murs bleus de la maison où tu as fait tes premiers pas, on y resterait longtemps, babouchka m'a dit que quand on est heureux le temps ne compte plus vraiment. Et puis on descendrait vers l'Ukraine, la mer Noire, Odessa, tu y es allée plusieurs fois quand tu étais petite, avec babouchka, Andreï, et ta cousine Alicia, tu as dit une fois que c'était beau les grands escaliers plongeant dans le bleu des vagues.

Je sais que c'est drôle de rêver comme ça, mais je fais ce que tu me dis de faire quand tu viens caresser mon visage le soir dans mon lit, j'imagine des choses très belles pour oublier. Aujourd'hui je pourrais juste regarder le petit lac, l'écorce des bouleaux, les colonnes rouge et blanche de l'église, sa coupole dorée qui caresse les nuages, je pourrais juste t'aider à servir le repas, mais faire tout ça ce serait revenir sur ce drap en lin, les écouter te traiter de feignasse, d'incapable, de poufiasse même, parce que les pommes de terre seraient trop grillées, et ça, *mamotchka*, je n'y arrive plus, je ne préfère plus, alors pardonne-moi de ne pas réussir à faire plus que m'enfuir à l'intérieur de moi pour avoir l'illusion de ne plus être là.

« C'est dégueulasse ! Tu me fais honte, j'ai l'air de quoi ? » Mikhaïl crie à tout-va. Artiom essaie de calmer son ami, il s'en fout de la cuisson des pommes de terre. Mais en même temps, Micha peut bien dire ce qu'il veut, c'est sa femme, il ne va pas s'interposer.

« Je ne la supporte plus, imbécile, va ! » Mikhaïl a donné un gros coup derrière la tête d'Aurelia, sur le haut de son crâne, et elle a basculé en avant, les bras pliés, le dos voûté. Elle n'a pas fait un bruit, et ça l'a encore plus énervé. « Elle va finir par réagir, cette feignasse, cette incapable, cette saleté, au lieu de garder son nez baissé ? » Alors il empoigne ses cheveux, tire sa tête très fort en arrière, avant de lui enfoncer le visage dans ce qui reste de la salade olivier et des pommes de terre grillées.

Mikhaïl interpelle aussi Serioja. Le garçon a quatorze ans, il supporte de moins en moins de ne pas réagir quand il voit son père maltraiter sa mère. Il se prend à rêver de le balancer dans le lac, lui qui sait à peine nager, avec un poids lourd attaché aux pieds ou aux poignets, peu importe. Ce dont il rêve, c'est de lui faire mal, de le faire taire, de le défoncer.

Krestina s'est levée, elle s'est mise à crier, et tout le monde autour les regarde désormais. Ils ne peuvent pas se tenir, arrêter de brailler? Ici on n'a pas envie de les écouter : les saletés, ça se lave en famille, ça ne s'étale pas autour d'un lac, un samedi de septembre, alors que les gens sont là pour profiter des derniers rayons de l'été. Personne ne réagit, mais Krestina désespérée continue à crier, et la vieille Lydia lui tire le poignet : « Tais-toi, petite garce, tais-toi, tu n'as rien à dire, c'est ton père qui commande ! Et toi, il faut les tenir tes filles, tu veux qu'elles te fassent honte elles aussi, qu'elles finissent comme la pauvre fille que tu nous as ramenée ? »

Krestina s'égosille en repoussant sa grand-mère qui ne cesse de la pincer avec ses doigts rugueux. Pour qui elle se prend cette vieille mégère avec son poil au menton, ses cheveux filandreux, sa peau décatie et son cœur desséché ? Krestina ne peut plus la supporter, comme elle ne supporte plus les amis de son père, les Artiom, les Smbat, les Mihran, qui toujours se taisent, qui ne les défendent jamais, ou qui les salissent de leurs rires gras. Nom de Dieu, qu'est-ce qu'elle fout là, qu'est-ce que sa mère, son frère, ses sœurs et elle foutent là, qu'ont-ils fait pour mériter ça ? Ce tyran de père, cette vieille folle de grand-mère, ces insultes, ces coups, cette violence, partout, tout le temps ? Qu'est-ce qu'elle a fait, sa mère, pour se retrouver la joue à moitié calcinée par la pomme de terre encore brûlante sur laquelle son père a collé son visage, empoignant ses cheveux, criant, insultant, humiliant ?

Elle baisse de nouveau les yeux et essuie ses bras tout collants de la salade olivier dont son mari l'a badigeonnée, elle ravale ses larmes, elle ne dit rien, même pas « tais-toi, Krestina, tais-toi, ma chérie, ça va aller, ça ne sert à rien ». Non, même dire ces mots-là elle n'y arrive plus, elle n'y pense plus, et personne autour du petit lac du parc d'Altoufievo, le long des rangées de bouleaux, ne lève les yeux, ne vient aider. Allez, allez, rentrez chez vous, ne nous emmerdez pas avec vos saloperies, vos larmes, vos cris, on n'en veut pas.

Beugler, gueuler, vociférer, c'était ce que Mikhaïl Khatchatourian n'avait cessé de faire, pendant des années, dans son quartier : tyran du bâtiment, du korpus, de la chaussée.

Tatiana Belevtsova, la plus ancienne habitante de l'immeuble, recueillait des signatures pour la défense des trois sœurs, avec d'autres voisins. « Oui, elles ont commis un crime, mais qui les a amenées à ça ? Tout le bâtiment savait qu'il les maltraitait, et personne ne pouvait rien faire, ni la police, ni qui que ce soit. Même le fait de parler à cet homme était impossible, et dire qu'il se faisait passer pour un confesseur en prison alors qu'il fournissait les prisonniers en drogue... Chaque soir depuis les années quatre-vingt-dix, je le voyais récupérer de l'argent dans sa voiture.»

D'après les voisins, il aurait possédé non pas un, mais deux logements dans le bâtiment. «Au deuxième étage, un studio est aussi à lui, tout le monde le sait. Il n'y a pas de rideaux aux fenêtres, mais des stores, ça ressemble à un bureau. Il y gardait des choses, des médicaments, et puis les produits de son trafic… c'est pour ça qu'il était aussi nerveux avec nous, qu'il criait pour un oui ou pour un non, qu'il nous menaçait, pour nous empêcher de parler.»

Andreï, l'oncle des filles, le frère d'Aurelia, a raconté que sa sœur s'était réfugiée chez lui en 2008, avec Serioja à qui son père s'en prenait déjà. Elle était arrivée le visage tuméfié, le petit sous le bras. Elle disait que cette fois c'était terminé, que plus jamais elle n'y retournerait. Elle leur avait tout raconté, à son frère, à sa belle-sœur, à sa mère: ils n'étaient pas stupides, ils devinaient, mais cette fois-là de nombreux détails avaient jailli, elle n'arrivait plus à s'arrêter.

Au bout de deux semaines, Andreï, sa femme et sa mère avaient accompagné Aurelia au bureau du procureur pour faire une déposition. Elle avait dû se dire que cela ferait peur à Mikhaïl, alors elle était ensuite rentrée à l'appartement de la chaussée Altoufievo retrouver ses filles. Elle ne pouvait pas les abandonner. Elle y était retournée avec la déposition, comme un paratonnerre, une protection. « Tu vois, j'ai pris mes dispositions, j'ai signalé ce que tu nous fais, ma famille est venue avec moi, je ne suis pas seule, je ne me laisserai plus faire, prends garde à toi. » Mikhaïl avait éclaté de rire, un rire long et lourd, il allait pouvoir s'en donner à cœur joie maintenant qu'elle avait fait ça. « Il ne m'arrivera rien », avait-il ajouté, pour s'expliquer. Il avait balancé la déposition au visage de Serioja : « Voilà ce que veut ta mère, voilà comment ils sont, voilà ce qu'ils veulent faire de moi. » Mais c'était lui qui commandait, il allait leur montrer.

Mikhaïl Khatchatourian connaissait des gens partout, à la police, dans les services de renseignements. Serioja lui-même racontait qu'il avait vu son père avec plein de types de ces organes officiels. Tout était corrompu, ses proches n'avaient aucun moyen de se protéger, et plus le temps passait, plus Mikhaïl se sentait intouchable.

En 2008, au moment de la déposition, Andreï avait eu un souci de *reguistratsia*, d'enregistrement administratif : il avait dû repartir en Moldavie, pour revenir à Moscou avec des papiers en ordre. À son retour, Mikhaïl et ses amis l'attendaient à la gare. Ils l'avaient attrapé, enserré sur les côtés et avaient ouvert le coffre d'une voiture, cette voiture noire aux vitres teintées dans laquelle ils se prenaient pour les rois du quartier. Le coffre était plein d'armes. Comprenait-il enfin à qui il avait affaire ? S'il essayait de revoir sa sœur, ça se passerait mal pour lui, il n'hésiterait pas à lui coller une balle.

Dans l'appartement, la police avait saisi un couteau, un marteau, une arbalète, seize fléchettes, un pistolet automatique, un revolver signal, un fusil de chasse, seize cartouches et deux pistolets pneumatiques, un véritable arsenal. « Vous n'imaginez pas ce qui a été trouvé là-bas... des armes évidemment, mais aussi des fouets, des trucs de sadomaso », détaillait une voisine à voix basse devant la porte de l'appartement quelques jours après la nuit du drame, en montrant du doigt, pour preuve de ce qu'elle racontait, le papier déchiré et froissé, « *Opietchatano* – sous scellés », collé sur la porte.

Aurelia avait rencontré Mikhaïl dès son arrivée à Moscou. Il avait dix-sept ans de plus qu'elle. Elle était tombée enceinte tout de suite et avait emménagé chez lui, dans sa famille. « Ce n'était pas un mariage d'amour. J'avais dix-sept ans, je le voyais depuis un moment, je lui faisais confiance. Il m'a violée dans les toilettes d'un hôtel-restaurant », les mots avaient été murmurés dans une émission de radio.

Peu de temps après les débuts de leur vie commune, en juin 1997, leur premier enfant était né. Mikhaïl avait voulu l'appeler Sergueï, comme son père. Il était Mikhaïl Sergueïevitch (Mikhaïl le fils de Sergueï), son fils serait Sergueï Mikhaïlovitch (Sergueï le fils de Mikhaïl). En Russie, chacun porte un patronyme en plus de son nom et de son prénom. L'utiliser pour s'adresser à quelqu'un est une marque de respect, quand au quotidien on utilise plutôt le diminutif associé à chaque prénom : Serioja pour Sergueï, Micha pour Mikhaïl. Cela m'avait beaucoup plu quand j'avais commencé à apprendre le russe. Je ne m'étais pas du tout interrogée sur l'importance du patriarcat dans un pays où tout le monde est pour les autres « le fils ou la fille du prénom de son père ».

Après la venue au monde de Serioja, les naissances des filles s'étaient enchaînées : 1999, 2000, 2001. Chacune avait rendu le départ d'Aurelia plus compliqué à envisager. Sur les photos de vacances, elle semblait particulièrement diminuée, le regard vide, le teint blafard. Elle faisait tout. Même le sac de son tyran domestique de mari, il fallait qu'elle se le colle sur le dos.

La première fois qu'il l'avait frappée, c'était parce qu'elle voulait aller chez sa mère. Il l'avait attrapée et lui avait dit que si elle sortait il la tuerait, qu'il ne l'autorisait plus à aller nulle part désormais. Elle avait essayé de s'enfuir plusieurs fois, mais Mikhaïl la retrouvait, la ramenait, la menaçait de l'empêcher pour toujours de revoir ses enfants. Il arrivait aussi que ce soit lui qui l'expulse, et que ce soit elle qui revienne : vivre sans ses filles, elle n'y arrivait pas.

En novembre 2014, Krestina, Angelina et Maria, alors adolescentes, avaient dit à leur mère qu'il valait mieux qu'elle s'en aille pour de bon, qu'elles ne supportaient plus de voir la façon dont leur père la traitait, l'insultait, la frappait. « Je m'en veux terriblement de ne pas avoir pu protéger mes filles », a dit Aurelia, car elle ne pouvait pas imaginer ce qu'allait devenir leur quotidien. Après leur arrestation, les trois sœurs n'ont pas voulu raconter en détail à leur mère ce qui s'était passé. Elle savait pour les méchancetés, les humiliations, les punitions, mais le reste, elle n'avait pas pu l'imaginer.

J'aimais écouter ce que racontait Aurelia, à la télévision, à la radio : c'était son histoire, sa vérité. Je ne sais pas si c'était parce qu'elle parlait tout bas, parce qu'elle avait du mal à relever les yeux, ou qu'elle avait encore les cernes lourds des années passées à se faire frapper, mais je venais seulement de me rendre compte que j'étais plus proche d'elle en âge que de ses trois filles. Aurelia est née en 1978, elle a seulement six ans de plus que moi. Jusqu'à présent, elle m'avait semblé beaucoup plus âgée, ou plutôt sans âge, d'une autre époque, alors que c'était elle que j'aurais pu croiser à Moscou quand j'y vivais, sur la place Rouge, la colline aux Moineaux, au parc Gorki, à Garbouchka, au VDNKh, au marché, dans le métro, le trolleybus, sur un siège, à côté, comme ça.

Aurelia et Mikhaïl étaient nés en URSS, dans les Républiques soviétiques socialistes de Moldavie et d'Arménie, et il fallait se représenter la brutalité des changements qui avaient suivi l'effondrement du système pour imaginer le Moscou dans lequel la jeune femme avait atterri. Quand la grande écrivaine biélorusse Svetlana Alexievitch, Prix Nobel de littérature, évoque dans *La Fin de l'homme rouge* la vitesse avec laquelle le communisme a été balayé du jour au lendemain, on peut toucher du doigt le tsunami émotionnel qui a pris tout le monde à la gorge pendant ces années-là. Parce que en Russie, en 1991, quand l'Union soviétique s'est effondrée, « les gens se débarrassaient de leur carte du Parti comme d'un objet inutile. On n'arrivait pas à y croire... Mais en quelques jours, tout avait changé. On lit dans des Mémoires que la Russie tsariste a changé de peau en trois jours. Eh bien, le communisme aussi. En quelques jours. Cela dépassait l'entendement...[1] ».

Après leur avoir inculqué l'horreur du capitalisme pendant soixante-quatorze ans, on a gentiment invité les anciens Soviétiques à acheter et à

---

1 — Elena Iourevna, in Svetlana Alexievitch, *La Fin de l'homme rouge*, édition russe : Vremia Moscou, 2013 ; Actes Sud, 2013, pour la traduction française.

vendre tout ce qu'ils pouvaient, et n'importe qui s'est mis à récupérer des outils, de l'électroménager, de la vaisselle, des vêtements, tout ce qu'il était possible de trouver, pour le revendre, faire du commerce et créer son business. C'est ce que la mère de Marina a fait. Des abords de l'usine Severstal où son mari travaillait, elle s'est mise à courir en Turquie, en Allemagne, pour aller acheter tout un tas de fringues, et les stocker, les écouler. Une douzaine d'années après, elle avait pris son rythme de croisière et je la verrais débarquer à l'*obchtchejitie*, les bras chargés de sacs plastique remplis de ses dernières trouvailles. Elle s'était adaptée. Pour d'autres, c'était beaucoup plus compliqué.

On avait accueilli le grand-père d'Elena, dans notre fameuse cuisine franco-gréco-ouzbek, avec sa nouvelle femme. Ils avaient quitté l'Ouzbékistan, vivaient un peu loin de Moscou, dans une petite ville dont j'ai oublié le nom, et ne s'étaient jamais adaptés. Ils regrettaient que tout soit devenu si cher, qu'il faille tant payer pour se soigner, s'éduquer, se loger. On avait mangé beaucoup d'*ogourtchiki*, porté beaucoup de toasts, bu beaucoup trop de vodka. Mitia comprenait leurs regrets, car ses parents les éprouvaient aussi, même si tout le monde s'accordait sur le fait que, désormais, on avait au moins le droit de penser ce qu'on voulait, et que le communisme du temps passé les avait tous bien amochés.

Mon professeur de collège, que j'avais tant écouté, tant aimé, tant admiré, nous avait pourtant transmis un communisme rêvé, idéalisé, un communisme qui n'avait sûrement jamais existé. Il chantait *L'Internationale* et restait debout dans la classe le poing levé après nous avoir fait regarder le film de Ken Loach sur la guerre d'Espagne. Il me faisait lire Kessel et Hemingway, en disant que le communisme était l'absolu, la plus belle des idées. Moi je lisais le journal du Che, celui dans lequel il raconte son voyage à motocyclette en Amérique latine, et je trouvais ses mots romanesques quand il écrivait qu'il sentait déjà l'odeur âcre du sang dans ses narines avant de débarquer avec Fidel et les autres dans le Cuba de Batista. J'écoutais des chants de lutte en espagnol, *El pueblo unido jamás será vencido*. Mes arrière-grands-parents socialistes avaient fui l'Italie de Mussolini parce que les Chemises noires leur faisaient boire de l'huile de ricin, et moi je rêvais de révolution.

Mon professeur avait nourri avec l'adolescente que j'étais une relation amoureuse platonique qui avait duré deux années. J'avais treize, quatorze, quinze ans, et seul le regard qu'il me portait s'était mis à compter, accompagnant les transformations de mon corps, mes premiers désirs.

À la fin du collège, il avait avoué qu'il serait malheureux de ne plus me voir, il avait même demandé sa mutation dans le lycée où j'allais entrer, celui où j'allais apprendre le russe comme il me l'avait conseillé, mais cela n'avait pas marché. Alors il m'avait proposé de continuer à le voir, de temps en temps, le mercredi après-midi, juste lui et moi.

Puis, quelques mois après la rentrée, il m'avait emmenée dans sa voiture sur les bords de Maine. Il m'avait demandé de m'asseoir à côté de lui, sur la banquette arrière : « Tu dois te douter de la raison pour laquelle j'ai voulu te voir ce matin. Voilà : je suis amoureux de toi, Laura, je suis tombé amoureux de toi. » Je garde un souvenir très précis de cet instant, comme si je flottais au-dessus de la voiture, observant la scène de l'extérieur. Je revois mon jean, mon pull en coton rayé, mes longs cheveux blonds attachés en chignon, mes mains posées sur les cuisses qui ne savaient pas quoi faire. On m'expliquerait des années plus tard qu'il s'agit d'un mécanisme de protection qui se met en place lors de moments de sidération.

Il faisait humide et froid ce jour-là, il pleuvait le long des berges, et mon professeur continuait à parler : « Je ne sais pas comment j'ai fait pour me retenir chez moi la semaine dernière. J'avais envie de te sauter dessus. Depuis, je ne dors plus, je pense à ton corps, à tes seins, à tes fesses. Quand je fais l'amour avec ma femme, je m'imagine que je fais l'amour avec toi. Ça me rend fou. Mais je ne peux quand même pas avoir une liaison avec toi, tu es en seconde, je ne vais quand même pas te prendre là, dehors, sur la pelouse, j'en meurs d'envie pourtant. »

Je l'écoutais, je crois que je pleurais. Comment mon ancien professeur pouvait-il être en train de me dire ça ? J'avais tout juste quinze ans, il en avait trente-huit, il était marié et père de quatre enfants.

« Tu devais bien t'en douter. Toi aussi tu es amoureuse de moi », avait-il poursuivi. Oui, je crois que je l'aimais d'une certaine façon, je l'idéalisais, je l'admirais. Mais ce n'était pas de l'amour ce qui se passait sur cette banquette, cette asphyxie, cette peur, ce dégoût. Entendre ces mots-là, être dans cette voiture, je ne l'avais pas voulu. Les vitres suintaient de buée, de son souffle d'homme excité : « Il faut me comprendre, Laura. Tu es tellement mûre intellectuellement, et physiquement aussi, je le sens. » Je ne respirais plus. Tout avait disparu, les hautes herbes dégoulinantes, les arbres qui longeaient la rivière. Il n'y avait plus que ses yeux, son désir sur moi.

La suite fut comme un vide, un abîme béant, purulent. Il m'avait raccompagnée au lycée et m'avait embrassée sur la bouche avant que je sorte de sa voiture. Il avait dit qu'il était préférable qu'on ne se voie plus pour l'instant parce qu'il ne pourrait plus se retenir, qu'il aurait trop envie de moi, qu'il fallait que je réfléchisse à tout ça.

Paniquée à l'idée de ne plus le voir, je lui avais écrit, le lendemain, que je l'aimais moi aussi, que les autres ne comprendraient pas, mais que je me moquais des règles et des lois. C'était bien ce qu'il m'avait appris, avec ses livres. Les méchants bien-pensants, on s'en fichait : si on s'aimait, on en avait le droit.

Mais je savais bien, au fond de moi, qu'on n'en avait pas le droit. J'ai passé des heures à vomir dans les toilettes. J'ai fini par tout raconter à ma mère, pour mettre un terme à l'histoire, l'arrêter, net. Elle lui a ordonné de cesser toute relation avec moi et ils ont convenu que nous pouvions nous voir une dernière fois, pour que j'aie la possibilité de lui dire ce que j'avais sur le cœur. Il m'a attendue, assis sur un banc, devant le théâtre d'Angers: «C'est dommage que tu l'aies dit à tes parents. Tu serais bien plus heureuse aujourd'hui si tu étais devenue ma petite maîtresse.»

Pendant les années suivantes, j'ai adopté des comportements à risque que les psychologues qualifient de «caractéristiques». J'enchaînais les relations avec des hommes de préférence plus âgés que moi, accumulant les rapports sexuels non protégés, je commençai à boire trop d'alcool, et pris quelques drogues. J'étais perdue, mais je continuais à rêver de lendemains qui chantent. J'avais rencontré un étudiant qui militait à la Ligue communiste révolutionnaire et distribuait des tracts à la sortie de mon lycée. J'étais allée assister à une conférence d'Alain Krivine où on m'avait filmée: je portais une écharpe rouge, j'avais été coupée au montage et on m'entendait juste dire « contre l'exploitation capitaliste », comme un truc appris par cœur que j'aurais répété sans le comprendre. Après le lycée, j'étais partie en prépa à Paris, j'avais raté Sciences Po une première fois et, en attendant de repasser le concours et de le réussir, je m'étais inscrite en deuxième année de russe à Nanterre, avec l'idée très claire de partir en programme d'échange à Moscou l'année suivante.

Au département des Études slaves de Nanterre, j'ai étudié Lénine et Trotski dans le texte, et ça ne m'a pas beaucoup plu. Je me souviens d'un long passage dans lequel Trotski explique par le menu comment fusiller tous ceux qui croient en Dieu, c'était moins séduisant qu'Ernesto Guevara se réjouissant dans son journal de bientôt sentir dans ses narines l'odeur âcre du sang, et puis cela me semblait bien éloigné de ce que j'avais lu sur Trotski dans les petits fascicules imprimés par la LCR.

Il y avait, à l'époque, des groupes d'étudiants qui distribuaient à proximité du RER Nanterre-Université des journaux sur lesquels étaient imprimés des faucilles et des marteaux, tandis que moi j'analysais dans le bâtiment d'à côté l'histoire et la littérature russes, tous ces poètes qui, aujourd'hui encore, font partie de mon existence. Anna Akhmatova, Marina Tsvetaïeva, Vladimir Maïakovski... J'étudiais leurs vers et la grande Histoire, celle qui avait ravagé le cours de leur vie et de leurs poèmes, si bien que cette appropriation des symboles soviétiques dans les allées de notre petite université de banlieue parisienne me gênait de plus en plus. Je ne savais plus de quel courant politique me rapprocher, et quand l'étudiant d'Angers, celui qui distribuait des tracts à la sortie de mon lycée, était venu à Nanterre pour une intervention d'Olivier Besancenot, cela m'avait mise tellement mal à l'aise que je l'avais laissé me baiser quelques jours plus tard. Je faisais souvent ça à l'époque, quand je ne me sentais pas à ma place, pour me faire un peu plus mal, pour me salir encore un peu : Ne viens pas te plaindre Laura, arrête de t'épancher, c'était naze mais tu l'as bien cherché. Avec lui, avec d'autres, combien de fois m'étais-je imposé ces étreintes sordides ? Combien de fois avais-je voulu qu'ils se dépêchent, qu'on en finisse, comptant les heures jusqu'au lendemain, pour pouvoir alors choisir de ne plus les revoir, jouir de ne plus répondre à leurs appels, à leurs messages ?

L'année suivante, j'avais atteint l'objectif que je m'étais fixé à mon entrée à Nanterre : j'avais emménagé à l'*obchtchejitie* et j'allais pouvoir ressentir pendant des mois l'empreinte que le communisme avait laissée sur la société, l'organisation des déplacements, les gestes du quotidien, le regard que chacun portait sur l'autre. L'enregistrement auprès des administrations locales était toujours nécessaire quand on séjournait hors de son lieu de résidence et il fallait montrer des laissez-passer pour entrer dans de nombreux lieux. Les gardiens d'étage de l'*obchtchejitie*, qui étaient là depuis plusieurs décennies et pour qui rien n'avait vraiment changé, passaient leurs journées à épier nos allées et venues, le nombre de fois où on prenait l'ascenseur, les personnes qu'on fréquentait, ce qu'on achetait et ce qu'on cuisinait. Il y avait aussi cette habitude étrange dans les queues des magasins : il fallait toujours préciser *ia za vas*, je suis derrière vous, pour ne surtout pas perdre sa place, comme du temps où il n'y avait rien dans les rayons, où tout était rationné par coupons.

Quand je sortais de l'appartement d'Anton et Kostia, ces petits Franco-Russes que j'aidais dans leurs devoirs, j'aimais redescendre à pied jusqu'à la place Loubianka, le quartier général de toutes les polices politiques soviétiques, où tant de gens avaient été torturés. En m'en approchant, je sentais un peu de leur humanité, comme si quelque chose d'eux à cet endroit-là avait subsisté. J'aimais visiter le musée Maïakovski construit sur cette place, ressentant toujours la même émotion devant la reconstitution de la petite pièce où le poète s'était suicidé et ses derniers vers inscrits sur les murs : « *Lioubovnaïa lodka razbilas' o byt* – La barge de l'amour s'est brisée contre le quotidien. » Dans la pudeur du mot « quotidien », il y avait la violence d'un régime qui avait dépossédé son peuple de la pensée, de l'intégrité, de la liberté. Depuis, je n'ai plus jamais été tentée par les idées de révolution, par le « soleil trompeur » de la pensée pure, qui apparaît de façon si limpide dans le film des années quatre-vingt-dix auquel le réalisateur Nikita Mikhalkov a donné ce titre, ni par ceux qui se sentent investis d'une mission et qui vantent les mérites d'une quelconque forme de « rééducation ».

Ces souvenirs de mes années en Russie me ramenaient aux hommes, à tous les hommes : à ceux qui étaient venus avant, à ceux qui étaient venus après ; à ceux à qui j'avais laissé prendre de moi ce qu'ils voulaient quand plus rien n'avait d'intérêt, à ceux pour qui j'aurais pu mourir, sombrer. Mitia s'était autorisé à m'humilier, à me maltraiter, parce que j'avais en moi cette fichue fêlure, cette foutue fragilité. Et puis j'aimais les hommes que tout le monde regardait, les hommes qui prenaient de la place, trop de place : le simple fait qu'ils m'en offrent un peu me donnait l'impression d'être plus grande, moi qui m'étais toujours sentie inadaptée.

Dans l'adaptation cinématographique du *Docteur Jivago* par David Lean, il y a une scène dans laquelle Komarovski dit à Lara qu'il n'y a que deux genres d'hommes et que celui qu'elle s'apprête à épouser appartient au premier : « Il a des pensées nobles, il est pur, c'est le genre d'hommes que le monde prétend admirer et qu'en fait il méprise, c'est le genre d'hommes qui portent avec eux le malheur, particulièrement à l'égard des femmes, et il y a un autre genre, sans nobles pensées, impur, mais vivant. » Il tente de convaincre Lara qu'elle commet une erreur en épousant ce garçon car « il y a aussi deux sortes de femmes et toi, ainsi que nous le savons, tu n'appartiens pas à la première, toi, Lara, tu es une putain». Komarovski, beaucoup plus âgé que la jeune femme, est l'amant de sa mère. Il a du pouvoir, de l'argent, il est impur, mais il est vivant. Lara se laisse séduire par lui, et se déteste de l'avoir fait.

Cette jeune fille qui s'abandonne à Komarovski est la même qui épousera un homme idéaliste et fidèle, puis qui s'abandonnera au docteur Jivago avec qui elle découvrira un amour absolu, sacré. Lara a tous ces visages, toutes ces facettes. «Te connaîtrais-tu si bien tout entière?» lui demande un jour Jivago. «La nature humaine, et surtout la nature féminine, est si obscure et contradictoire», ajoute-t-il en rappelant le souvenir de Komarovski.

Moi non plus je ne savais pas qui j'étais. Je voulais être forte, libre et fière de l'être, je voulais le pouvoir de ma chair, je voulais que les hommes m'aiment, être celle qu'ils n'oublieraient jamais. Mais j'avais peur aussi des hommes, de leurs regards, de leurs jugements, et je savais qu'avec ceux qui me touchaient affectivement je me perdais, j'étais consciente de ce qu'ils pouvaient me faire et me conduire à faire. Je connaissais la vulnérabilité, la dépendance, la soumission, l'excès.

Il y avait ces moments que j'aimais et tous ceux que je regrettais, mon cœur passionné qui ne savait pas se raisonner. Il y avait eu la détresse avec Mitia en Russie, puis le retour en France, la rencontre avec celui qui allait devenir mon mari, des années à vouloir être pure et claire, loin des souvenirs des autres peaux.

QUATRE ANS PLUS TÔT

« N*e davat' babam deneg'! Voobchtche ne davat'!* – Il ne faut pas donner d'argent aux femmes ! Il ne faut pas leur en donner du tout ! » Mikhaïl ricane, ils ont bien raison à la télé, elles ne sont bonnes qu'à ça, dépenser de l'argent, vous n'êtes bonnes à rien. Il marmonne, toussote, affalé dans son fauteuil à bascule au velours beige élimé, il appuie sur l'accoudoir pour que le repose-pieds s'élève, se gratte le bras gauche avec la télécommande, et zappe des publicités de la chaîne numéro une à celles de la chaîne numéro deux tandis que Tchiornik, le chien de Maria, s'approche pour le renifler. « Dégage, toi ! Je vais le balancer par la fenêtre ce putain de chien.

Les chiens, c'est comme les femmes, ça se tient en laisse. »

Tchiornik file reprendre sa place entre Angelina, Maria et Aurelia sur le divan. Dans sa chambre, Krestina travaille sur un exposé. Mikhaïl continue de passer d'une chaîne à l'autre. «*Pokoupaï bol'che, plati men'che! Skidki na 20%* – Achète plus, paie moins, 20% de réduction», c'est la publicité d'un magasin de chaussures. Les filles ont les yeux qui brillent: elles en ont besoin et celles-ci leur plaisent. Elles parlent à voix basse, mais tout ce qu'elles disent insupporte leur père. « Fermez-la, toutes les trois, j'entends rien ! Elles ne sont bonnes qu'à dépenser de l'argent et à ouvrir leurs bouches... »

Maria se lève et va s'appuyer contre la fenêtre. Elle dessine un flocon sur le carreau avec l'un de ses doigts, c'est tout blanc en bas, le ciel de novembre est lourd des mois à venir. Des enfants lancent des boules de neige dans le square, chaque année ils retrouvent la joie de l'hiver. Tchiornik se frotte contre les jambes de sa maîtresse, elle caresse la petite boule de poils noirs.

«J'ai plus de bière, tu vas descendre m'en acheter, Maria. »

Mikhaïl tousse dans son mouchoir, s'essuie la bouche.

« Oui, papa, je vais y aller. »

Si seulement il pouvait s'étouffer avec ses cigarettes et ses bières.

Il y a une petite cabane blanche juste en bas de l'immeuble, en face du square où les enfants se recouvrent de neige fondue : on peut y acheter des cigarettes, des sodas, des bières, des chewing-gums, du chocolat. À quelques mètres, un autre vendeur à la sauvette propose des fruits et des légumes, et, plus loin, à côté du métro, il y a plein d'autres cabanes blanches qui vendent de tout et de rien, des plats à emporter, des pommes de terre fourrées, *Krochka Kartochka*, et aussi des poulets grillés, des *chawarma*. Ce sont surtout des *Khatchiki* qui vendent ça : on appelle ainsi, de façon péjorative, les gens qui viennent du Caucase, des anciennes Républiques soviétiques d'Arménie, d'Azerbaïdjan, de Géorgie. Ils ont les cheveux noirs et ici, à Moscou, ceux qui ne les aiment pas les traitent de *tchiornye jopy*, de « culs noirs ».

C'est sûrement pour se jouer un peu de ça que Maria a appelé sa petite boule de poils Tchiornik, et peut-être un peu pour énerver papa, mais il n'a rien dit, sûrement qu'il n'a rien compris. Il fait souvent des allers-retours en Arménie, mais il ne les emmène pas, ses sœurs et elle, il ne veut pas les avoir dans les pattes. C'est pas plus mal parce que, quand il part là-bas, maman n'est plus pareille : elle fait plus jeune, elle a l'air gaie, même sa façon de respirer est plus légère.

« Elles sont trop belles, maman, les bottines vertes à talons, mais tu ne pourras bientôt plus les mettre, il va faire trop froid, tu ferais mieux de t'acheter une nouvelle paire de bottes fourrées bien chaudes pour l'hiver. Moi, je veux des Ugg – enfin pas des vraies, c'est trop cher –, des imitations. »

Angelina se blottit contre sa mère sur le divan, qui fait tourner les boucles des longs cheveux noirs de sa fille entre ses doigts, caresse sa joue, la retient contre elle.

« Des Ugg, des Ugg, des saletés de marques étrangères pour des chaussures qui ressemblent à celles des paysannes comme ta grand-mère… des *valenki* australiennes ! Et puis quoi encore ? » Mikhaïl peste, jure, il ne peut plus s'arrêter au fur et à mesure que la bouteille de bière se vide, et il n'en a que faire qu'Aurelia lui réponde que c'est normal que les filles aient envie d'être élégantes, c'est pas dans sa campagne pourrie qu'on a dû lui donner des leçons de mode. «Qu'est-ce que tu en sais toi de ce qui est normal, pas normal, à la mode? Votre mère n'y connaît rien, vous avez vu à quoi elle ressemble? Qu'elle s'estime heureuse que je me sois occupé d'elle quand elle a débarqué de Moldavie...»

Les filles arrêtent de parler, elles regardent leur mère, ça dure longtemps, Mikhaïl continue à appuyer sur ses accoudoirs, à tripoter sa télécommande, à se gratter, à tousser.

«J'aurais mieux fait de rester là où j'étais.»

Aurelia prononce ces mots. Ça fait comme le long silence qu'il y a à l'église le dimanche après-midi avant que le père Tanièl ne commence à parler avec dans la main sa croix et son chapelet, et plus c'est long, pire ce sera après.

Tchiornik se terre contre les jambes de Maria. Résonne le bruit du cran d'arrêt d'un pistolet dont le canon est maintenant posé tout contre la tempe d'Aurelia. «Tu prends tes affaires et tu t'en vas, tu n'es plus rien pour moi, cette fois tu peux toujours te traîner par terre, je te reprendrai pas.» Ce n'est pas la première fois que Mikhaïl s'énerve, sort son pistolet et profère des menaces.

L'an dernier Aurelia est partie tout un moment, après le départ de Serioja. C'était un cauchemar depuis des mois, la mère, la sœur et le neveu de Mikhaïl s'étaient installées chez eux car le bâtiment où elles vivaient avait été acheté par un promoteur immobilier qui devait construire un nouveau complexe commercial à la place. Ils se retrouvaient à neuf dans le trois-pièces de la chaussée Altoufievo. Cette promiscuité n'avait qu'infecté un peu plus l'air déjà vicié, accélérant les moisissures et les bruits de verre cassé entre Serioja et son père.

Mikhaïl disait que ce n'était pas son vrai fils. C'était son neveu Arsèn qu'il considérait comme tel, avec qui il partageait ses affaires. Il l'emmenait en Arménie, il le trimbalait dans sa grosse voiture noire aux vitres teintées. Serioja, lui, n'avait rien de tout cela. Il énervait tellement son père que Mikhaïl finissait souvent par sortir son pistolet pour le menacer. Il lui avait même tiré dans la jambe une fois, il ne s'était jamais excusé après. Il avait dit qu'il l'avait bien cherché.

Les cris, le goût de son sang – parce qu'il lui a foutu un coup à la lèvre avec le pistolet –, l'odeur âcre de sa sueur à lui, qui lui rappelle le nombre incalculable de fois où il l'a forcée, toutes ces violences, c'est terminé. Aurelia ne lève pas les yeux, mais elle lui dit que, cette fois, c'est elle qui ne reviendra pas.

Mikhaïl rote à présent, il rote en buvant les dernières gorgées de la bière entamée, en ne cessant de vitupérer : « Tu te bouges, Maria, tu vas m'en racheter. » Aurelia remplit une valise de ses vêtements dans la pièce à côté, aidée par Krestina qui n'a pas réussi à sortir de la chambre tellement elle tremblait, des larmes recouvrant toutes les lignes de l'exposé qu'elle préparait quand la scène avait commencé. Tout s'est passé très vite finalement, et tandis qu'Aurelia s'estime heureuse de ne pas avoir un bras cassé ou la tête fracassée sur le plancher, les ombres de ses trois filles l'entourent de leurs bras. « Cette fois, maman, ne reviens pas, s'il te plaît, ne reviens pas. »

Après la naissance de ma mère, mes grands-parents sont partis de Lorraine pour s'installer dans la Vienne puis dans les Deux-Sèvres, région où leurs familles s'étaient réfugiées pendant l'Occupation. Mon grand-père avait fini par quitter la mine et travaillait désormais à l'usine où il faisait les trois-huit. La vie restait difficile, mais ils avaient un petit jardin, un potager, ma grand-mère était heureuse : son mari ne buvait plus. Quand j'étais enfant, j'aimais l'écouter me raconter pendant des heures cette grande histoire familiale, tout près d'elle, la regardant faire les pâtes à la main. C'était une histoire dans laquelle il y avait beaucoup de courage, d'entraide, de résilience, dont on était tous fiers quand on s'en souvenait en chantant en italien autour d'elle les jours de fête.

Ma mère allait grandir dans un environnement bien plus apaisé que ses frères et sa sœur, chérie par son père avec qui elle passait des heures à se promener dans la forêt. Un père qui avait un cœur très grand, qui ne supportait pas les injustices, et dirigeait le syndicat de la briqueterie, où il travailla tant d'années avec des gants en amiante pour se protéger. Quarante-quatre ans se sont écoulés entre son premier jour à la mine, où il était descendu à treize ans, et le jour de sa mort à cinquante-sept ans d'un cancer des poumons. J'avais dix-huit mois ce jour-là et ma mère allait mettre vingt ans à faire le deuil de ce père tant aimé, des jours de bonheur dans la maison que mes grands-parents, à force de travail, avaient fini par pouvoir acheter.

C'était dans cette maison que Nelia, la sœur aînée de mon grand-père, venait régulièrement se réfugier. Ma mère me l'avait souvent raconté. Elle arrivait couverte de bleus, des coquards autour des yeux. Mon grand-père allait la chercher à la gare, et il criait à tous les dieux qu'il allait défigurer le salaud qui mettait sa sœur dans cet état. Nelia restait quelques jours, quelques semaines, elle récupérait, elle répétait que jamais elle n'y retournerait, et toujours, année après année, elle y retournait. C'était comme si elle ne savait pas quoi faire d'autre de sa peau qu'être cette femme en lambeaux. Et puis savait-elle vraiment ce qui était normal et ce qui ne l'était pas, ce qu'on accepte et ce qu'on n'accepte pas ? La mère de Nelia, mon arrière-grand-mère Gabriella, était morte à quarante ans d'une tumeur au cerveau, mais c'était peut-être son mari, disait-on, qui lui avait mis une tumeur dans la tête, la rouant de coups ou la laissant sur le carreau.

Nelia avait dix-sept ans au moment de la mort de sa mère. Elle s'était mariée tout de suite, laissant sa petite sœur Iris s'occuper seule de leurs sept autres frères et sœurs, partir avec eux se réfugier dans la Vienne pendant que leur père avait été envoyé en Allemagne au STO. Nelia avait vu sa mère se faire cogner et, à peine mariée, elle avait commencé à recevoir des coups elle aussi.

Ces histoires étaient terribles mais on s'entêtait à répéter que c'était une autre époque, à blâmer davantage cette mine, qui remplissait de fer et de poussière les poumons des hommes, plutôt que leurs actes. Dans ma famille, les femmes ne leur reprochaient rien, il n'y avait pas de colère, pas de rage, pas de haine. Les hommes, on les aimait. Et quand on aimait, on excusait.

C'était avec la même logique que j'avais excusé Mitia quand il m'humiliait. « Tu as vu ton cul, il est énorme ton cul », commentait-il en regardant avec dégoût mes cinquante-six kilos pour un mètre soixante-douze. « Tu fais du bruit en mangeant », répétait-il. C'était vrai, cela me blessait, il l'avait compris et il appuyait là-dessus parce que lui, venant du fin fond de la Sibérie, se sentait rabaissé par la jeune Française que j'étais. Et s'il me volait, s'il déposait au clou les quelques bijoux que je possédais pour acheter de l'herbe et se mettre à dealer, je le comprenais encore : le pauvre, il n'avait pas d'argent, ne trouvait pas de petit boulot, alors que moi j'étais payée vingt dollars de l'heure pour enseigner le français à des petits Russes ultra-friqués.

Il y a beaucoup plus de lieux d'accueil pour les femmes victimes de violence en France aujourd'hui qu'à l'époque de ma grand-tante Nelia. La parole s'est libérée, même si ça ne résout pas tout. Quand les violences domestiques ont explosé en France pendant le premier confinement, j'ai vu un reportage sur le sujet. Les voisins s'inquiétaient du bruit dans l'appartement d'à côté, la police arrivait, on entendait la femme pleurer, l'homme hurler, les coups tomber, mais la femme disait aux policiers que son compagnon n'avait rien fait, qu'ils avaient mal compris, que ce n'était pas ce qu'ils croyaient. On ne les balayait pas facilement la honte de soi, la peur des représailles, la culpabilité.

En Russie aussi les violences faites aux femmes ont augmenté durant le confinement, mais aucune étude n'a été faite à ce sujet. La journaliste Nastia Krasilnikova l'évoque dans la série documentaire *Khvatit!* (Assez !). Dans chacun des six épisodes de cette enquête, l'une des premières du genre réalisées en Russie, elle décortique le sexisme qui imprègne la société, le rôle joué par Internet, les maltraitances sur les enfants, les violences obstétricales, le poids de la religion, les mécanismes de la violence conjugale et de l'emprise psychologique. On n'a pas l'habitude de parler de ces sujets en Russie, ils font partie de ce qui est supposé rester dans l'intimité des foyers.

Quant à la notion d'emprise, elle y est tout bonnement inintelligible.

Ceux qui condamnaient les trois sœurs sur les plateaux télévisés ne semblaient rien entendre aux menaces, au chantage affectif, aux manipulations répétées de Mikhaïl Khatchatourian envers ses filles. Ils ne comprenaient pas leur peur, leur asservissement. Ils ne voyaient pas au-delà des apparences. « Comme on l'observe sur les photos qui circulent, les filles sont loin d'être en guenilles… Elles faisaient les magasins, achetaient des choses. Elles n'avaient qu'à s'enfuir et à s'assumer ! À leur âge la moitié du pays travaille… » On leur reprochait beaucoup d'être élégantes, bien habillées, de se montrer avec leurs copines sur les réseaux sociaux. On a pourtant démontré depuis longtemps que l'on peut subir des sévices psychologiques et physiques pendant des années sans rien dire, et que ces réactions sont d'autant plus communes lorsque les violences sont exercées par un parent sur ses enfants. Mais pour les sœurs Khatchatourian comme pour toutes les femmes victimes de violences, on interroge avant toute chose leurs fautes, leurs erreurs, leurs manquements.

« C'est ce qui risque d'arriver quand on fréquente un homme marié », a-t-on entendu après le meurtre d'Anastassia Echtchenko, tuée par son ancien professeur et amant, l'historien Oleg Sokolov, de trente-neuf ans son aîné. On l'avait retrouvé un matin de novembre 2019 devant le canal de la Moïka, au centre de Saint-Pétersbourg, avec dans son sac à dos les deux bras d'Anastassia dont la tête gisait encore dans son appartement. Ce spécialiste de Napoléon, décoré de la Légion d'honneur en France et intervenant dans l'institut fondé par l'ancienne députée d'extrême droite Marion Maréchal Le Pen, était déjà connu des services de police. En 2008, il avait échappé aux poursuites pénales après avoir tenté d'étrangler une jeune femme et de lui appliquer un fer à repasser sur le visage.

Mais comment la victime était-elle parvenue à s'attirer de tels ennuis ? L'avait-elle trompé ? On avait aussi réservé ce genre de commentaires à Margarita Gratcheva. Son mari l'accusait d'adultère, alors il l'avait conduite dans une forêt près de Moscou un jour de décembre 2017, après avoir déposé leurs deux enfants en garde, et lui avait coupé les avant-bras à coups de hache sur la souche d'un arbre.

Je découvrais ces affaires emblématiques, ces noms, ces visages de femmes, et les statistiques que je réunissais pour comprendre l'ampleur des violences conjugales en Russie donnaient le vertige. En 2001, l'agence de statistique de l'État fédéral, Rosstat, rapportait que 20 % des femmes avaient signalé des violences physiques dans leur famille. En 2003, une enquête du Conseil des femmes de l'Université d'État de Moscou relevait que 18 % des femmes vivaient une situation de violence physique régulière à leur domicile. En 2011, une autre étude menée par Rosstat estimait à seize millions sur soixante-six le nombre de femmes victimes de violences domestiques, soit une femme sur quatre. En 2013, en se fondant sur les données du ministère de l'Intérieur russe, le journal *RIA Novosti* révélait que douze mille femmes périssaient chaque année à la suite de violences conjugales, soit une femme toutes les quarante minutes.

Que vaut la vie d'une femme dans un pays où le prix à payer à la maternité, l'équivalent de notre « forfait journalier », est de trois cents roubles si on accouche d'une fille et de cinq cents roubles si on accouche d'un garçon ? « Oui, pour les filles ça coûte moins cher », martelait Nastia Krasilnikova dans le générique de la série documentaire *Khvatit!* qui précisait également qu'une femme sur cinq en Russie avait vécu des violences sexuelles dans l'enfance.

En 2019, des journalistes de *Novaïa Gazeta* et Mediazona ont analysé les condamnations prononcées à l'encontre de femmes accusées de meurtre. 91 % d'entre elles s'étaient protégées de leur partenaire ou d'un parent de sexe masculin, en utilisant le plus souvent un couteau de cuisine. Les juges niaient l'existence même de la légitime défense : ils ne faisaient pas de différence entre les hommes qui frappaient à mains nues et les femmes qui utilisaient une arme pour se défendre. Selon un des experts interrogés, le corps judiciaire souscrivait aux stéréotypes qui estimaient qu'« une femme avait toujours une part de responsabilité », que si « elle n'acceptait pas la violence, elle pouvait très bien partir », car quand on avait été battue plusieurs fois, il fallait « une autre raison » pour prendre un couteau.

Dans le débat autour des violences domestiques, il ne fallait pas sous-estimer le refus d'imiter l'Europe et les États-Unis, la crainte de voir se diluer la culture russe. L'explosion à l'Ouest des mouvements féministes dénonçant les violences faites aux femmes apparaissait pour beaucoup de Russes comme un phénomène dangereux, ridicule ou tout simplement inintelligible.

La dernière fois que j'étais allée à Moscou, en novembre 2019, j'avais parlé à Marina des recherches que je faisais sur la place des femmes en Russie. On en avait discuté avec son amie Katia ; il lui avait fallu plusieurs minutes pour comprendre de quoi je parlais quand je l'avais interrogée sur le mouvement #MeToo, la libération de la parole autour du harcèlement et des violences sexistes. « En Russie, ce n'est pas comme ça… Si un homme nous prend par l'épaule, on est flattée, et ensuite si ça ne nous plaît pas on enlève juste son bras, on n'est pas en sucre. » Elle n'avait pas dit « on n'est pas comme vous », parce que j'étais l'amie de Marina et qu'elle ne voulait pas me vexer, mais elle l'avait pensé si fort que je l'avais entendu. Elle avait ramené les violences faites aux femmes à un simple bras sur l'épaule et les avait balayées d'un revers de main : pas de quoi fouetter un chat, juste les délires larmoyants d'Occidentales privilégiées qui ne savent plus quoi inventer.

Âgée de quarante-cinq ans, orthophoniste et directrice d'un centre pour enfants handicapés, Katia n'était ni réactionnaire ni isolée. Ce qu'elle pensait était largement partagé, même s'il existait malgré tout sur les réseaux sociaux un mouvement proche de ce que l'on trouve en Occident. Le hashtag #янехотелаумерать (#jenevoulaispasmourir) a fait fureur en juillet 2019. Il avait été créé en réaction au rapport du Comité d'enquête de la Fédération de Russie demandant que les sœurs Khatchatourian soient inculpées pour meurtre en groupe avec préméditation sans prise en compte de la légitime défense comme mobile. Une douzaine d'influenceuses et de militantes, comme l'activiste Alexandra Mitroshina, ont posté des photos d'elles maquillées comme si elles avaient des hématomes, des coupures et du sang, ce qui a provoqué la signature de six cent cinquante mille personnes pour une pétition sommant les autorités de réagir. Mais les réseaux sociaux regorgent aussi de groupes qui prônent des positions diamétralement opposées, accablant Krestina, Angelina et Maria, faisant fi des violences qu'elles subissaient. Pour beaucoup, un meurtre restait un meurtre et une victime de violences avait toujours la possibilité de partir. Les foyers d'accueil sont inexistants, les associations submergées, mais qu'à cela ne tienne : quand on veut, on peut.

Un jeune homme a même créé, sur le réseau social VKontakte, un groupe réunissant des personnes qui réclament la condamnation des sœurs Khatchatourian au maximum requis pour un meurtre en Fédération de Russie. « Les filles ont bien pu raconter ce qu'elles voulaient pour attirer la pitié et justifier leur crime. » Peu importent la quantité de témoignages validant leurs dires, les résultats de l'enquête et les expertises. Pour ce même jeune homme, le mouvement #MeToo était une saleté venue des pays occidentaux. C'est ce que la majeure partie de la société russe pensait, raillant le bien-fondé des accusations portées à l'encontre du producteur hollywoodien Harvey Weinstein. Des actrices ont même pris sa défense. Agnia Kouznetsova a conseillé aux femmes, sur le site Meduza, de « ne pas se conduire comme des prostituées », tandis que Lioubov Tolkalina a jugé « génial » le fait d'être harcelée par « un homme ayant autant de pouvoir », estimant que « la seule grosse erreur venait de celles qui en parlaient ». Quelques femmes ont toutefois eu le courage de prendre la parole. Ekaterina Kotrikadze, la vice-présidente de la chaîne de télévision russe RTVI, a dénoncé le harcèlement sexuel que lui a fait subir le député Leonid Sloutski, président du comité des Affaires étrangères de la Douma qui, accusé par plusieurs autres femmes, s'est réjoui d'avoir « gagné en notoriété » grâce à ce scandale et a reçu un soutien quasi unanime de la part de ses collègues de la Douma.

Ces réactions sont liées à la grande Histoire, à la place des femmes dans la société. Ludmila Oulitskaïa, grande voix de la littérature russe, en a parlé longtemps à une journaliste, reprenant à peine son souffle, assise sur le canapé de son grand et lumineux appartement du centre de Moscou. « Les femmes russes ont obtenu le droit de vote en 1917, quand les Françaises ont attendu 1944. Elles ont bénéficié de plus d'égalité qu'elles ne l'auraient voulu, forcées à des travaux qu'aucune femme ne faisait généralement : elles ont construit des routes, des voies de chemin de fer, ont travaillé dans des usines pendant la guerre, fabriqué des armes... Alors qu'en Occident les femmes se battaient pour avoir les mêmes droits que les hommes, les femmes russes rêvaient de n'avoir qu'à élever leurs enfants avec un homme pour s'occuper d'elles ! La faible popularité du féminisme en Russie vient de ce paradoxe. » Il y a un déficit de la figure paternelle dans les foyers : le pays a été en guerre pendant tout le XXe siècle, les hommes n'ont cessé de mourir, dans les camps, en prison, dans les conflits civils ou mondiaux, « aujourd'hui encore c'est en Syrie qu'ils meurent ». Il y a l'alcoolisme aussi, et le déséquilibre démographique. On a compté douze millions de femmes de plus que d'hommes lors du dernier recensement de 2010. Leurs vies n'en sont que plus dures, « elles doivent élever les enfants, mais aussi travailler pour les nourrir puisqu'il n'y a littéralement pas d'hommes pour le faire », conclut Ludmila Oulitskaïa.

Beaucoup continuent à qualifier les jeunes femmes encore célibataires à vingt-cinq ans de

« vieilles filles », parce que, passé un certain âge, il n'y a plus d'hommes disponibles. « Ici, les hommes sont infidèles parce qu'ils n'ont pas peur de perdre leur femme. En revanche, si une femme perd un homme, qui sait si elle pourra un jour en retrouver un », m'a dit Marina.

Alors, tais-toi, arrête de faire la difficile, sinon tu finiras vieille fille.

DEUX ANS PLUS TÔT

Aurelia avait recommencé à travailler une fois ses enfants plus grands. Quand elle vivait encore au 56 de la chaussée Altoufievo, elle devait faire une trentaine de minutes de trolleybus pour se rendre au travail. Elle était vendeuse dans un de ces nouveaux centres commerciaux. On ne pouvait pas dire qu'elle avait choisi ce métier, c'est juste qu'elle n'avait jamais été très douée pour les études. Pourtant elle aurait aimé, mais dans sa tête tout avait tendance à se mélanger quand un professeur l'interrogeait : elle avait toujours peur de dire des bêtises et, comme en fin de compte elle se trompait souvent, elle avait préféré se faire toute petite, de plus en plus petite, jusqu à arrêter l'école avant même d'avoir obtenu son diplôme de fin d'études. Krestina, Angelina et Maria, elles, étaient très douées, ça la rendait drôlement fière, Aurelia. Ses filles, au moins, n'auraient pas à épouser le premier venu.

Dès que Mikhaïl l'a virée de l'appartement et qu'elle a décidé que cette fois plus jamais elle n'y retournerait, elle s'est mise à chercher du travail à proximité de ses filles, parce que sans ça, entre ses horaires de vendeuse et les contraintes que leur père leur imposait, elle ne les verrait plus. On lui a parlé d'une place qui se libérait dans une boutique de vêtements de la rue Leskova, juste à côté de la station Altoufievo, et elle a été embauchée. C'est sûr que c'est un peu risqué car Mikhaïl la traînerait sûrement par les cheveux s'il savait qu'elle travaillait près de l'appartement, mais cela fait déjà un an qu'elle y est et elle ne l'a jamais croisé.

Ses filles attendent sur le trottoir, devant le magasin. D'habitude elles se mettent plutôt derrière, sur un bout de parking à l'abri des regards, mais le dimanche après-midi elles sont toujours plus légères. Qu'il fasse moins trente ou que ce soit un jour d'été caniculaire, leur père ne manquerait jamais la messe du père Tanièl pour laquelle il revêt toujours la même chemise blanche, la même veste marron, les mêmes mocassins en cuir noir. Il n'est pas né celui qui lui fera manquer le défilé d'Arméniens qui se pressent à l'entrée de l'église apostolique chaque dimanche après-midi, le chapelet à la main pour les hommes, le châle sur les épaules pour les femmes, il n'est pas né celui qui l'empêchera de s'y signer et de communier. La messe du dimanche après-midi, c'est comme les icônes accrochées au-dessus du buffet dans l'entrée : ça recouvre toutes les saletés.

Tchiornik, Tchiornik, calme-toi, arrête de sauter ! Qu'est-ce qui t'arrive ? Tu es tout excité ! Maria, ma chérie, comme tu es belle avec cette robe, je me souviens encore quand c'était Krestina qui la portait ! Mamotchka, tu as bonne mine, laisse-moi me serrer contre toi. Laissez-moi vous serrer toutes les trois, venez près de moi. Comment va Serioja ? Il n'a pas répondu à mon dernier message, ce serait bien s'il pouvait venir, même une fois. Babouchka m'a dit de vous embrasser très fort, c'est fou ce que vous lui manquez, elle va essayer de passer un dimanche. Mamotchka, tu sais que ça devient sérieux entre

Krestina et Vania ? Oh, tais-toi, Angelina, c'est pas sérieux, c'est juste comme ça ! T'es bête, ne fais pas ta timide, on voit avec Maria comme tu deviens rouge dès que tu lis ses messages... Et comment savez-vous que je lis ses messages ? Je vous dis que c'est juste comme ça. Il ne faut pas que ton père l'apprenne, ça ne lui plaira pas, fais attention, ma chérie, cache-toi. Oh, Tchiornik, reste tranquille, c'est vrai qu'il est enragé aujourd'hui celui-là... Vous devez déjà y aller ? Oui, je sais que la messe va se terminer, il pourrait passer près d'ici en rentrant. Vous m'écrivez dès que vous pouvez, vous revenez dès que vous pouvez, hein ?

C'est simple la tendresse, les rires, les cheveux qui se mêlent, les mains qui se tiennent, les bras que l'on serre, les baisers que l'on se colle sur les joues. C'est tout simple d'être légères quand on s'aime.

Les trois sœurs regagnent l'appartement de la chaussée Altoufievo, et elles vont le plus vite possible. Elles ont beau porter tout un tas de paquets à bout de bras, leur père sera furieux si, quand il rentre, elles ne sont pas là, vaisselle lavée, aspirateur passé, litres d'Ochakovo bien au frais. Le petit chien de Maria se presse presque davantage que ses maîtresses, il file droit devant lui, sans se déconcentrer, alors que la vie remue autour. Ça sent le poulet grillé et c'est dommage qu'il ne leur reste plus de monnaie parce que les filles en auraient bien acheté. L'odeur leur faisait toujours envie, elles aimaient découper à la main le *lavash*, le pain arménien dans lequel était préparé le poulet, pour arracher des morceaux de blanc et de peau grillée, qu'elles mangeaient avec les mains, et tant pis si la sauce coulait sur leurs doigts, elles les léchaient et riaient.

« Pourquoi lui avez-vous parlé de Vania ? » Krestina ne veut pas que sa mère sache qu'elle a un petit copain. Elle sait qu'elle sera contente pour elle mais, surtout, elle aura peur que le père l'apprenne. Angelina et Maria s'en soucient assez comme ça : « On s'inquiète pour toi, on n'a pas envie que ça le rende fou, qu'il te fasse encore du mal comme la dernière fois, et qu'après tu te fasses encore du mal à toi. On a eu si peur cette fois-là, on a trop besoin de toi. » Krestina tente de les rassurer, ne quittant jamais le rôle qu'elle a endossé au fil des années. Elle dit que Vania la fera venir avec lui dès qu'il aura assez d'argent pour prendre un appartement. Ils en ont longuement parlé, elle veut quitter la maison le plus vite possible, dès ses dix-huit ans, l'été prochain si tout va bien, mais pour ça il faudrait qu'elle puisse prendre ses sœurs avec elle, parce que sans Angelina et Maria elle ne partira pas.

Avec la petite boule de poils noirs dans les pattes, les paquets chargés des bouteilles de bière qui leur scient les poignets, les trois sœurs poussent enfin la lourde porte en métal bleue du bâtiment, appellent l'ascenseur, montent les dix étages, tournent la clef de l'appartement, se retrouvent nez à nez avec les icônes et les chapelets pendus au-dessus du buffet. Leur père n'est pas encore rentré, c'est toujours ça de gagné.

Il a fallu creuser la terre gelée du cimetière Vagankovo pour y enterrer la vieille Lydia Khatchatourian. Des dizaines de personnes se sont rassemblées. Des proches, des connaissances, mais aussi des inconnus, toute la communauté arménienne du quartier. Serrés les uns contre les autres, ils tenaient leurs mouchoirs, soupiraient, se lamentaient au-dessus du cercueil. Lydia Khatchatourian aurait pu mourir du coronavirus mais, à quatre-vingt-deux ans, c'est la vieillesse qui l'a emportée. Après avoir été amenée près de la tombe de son fils à bout de bras un an et demi plus tôt, le jour de ses funérailles, elle reposait désormais près de lui, à côté de l'église où il se rendait chaque dimanche.

Alvard Nazaryan, le porte-parole de l'Église apostolique arménienne, avait assuré au correspondant de *Spoutnik Arménie* que Mikhaïl Khatchatourian n'avait pas de sacrement et n'avait jamais servi dans une église. Les dignitaires religieux cherchaient donc à prendre leurs distances. Tout en haut, on avait vite compris que les preuves des crimes dont ses filles l'accusaient étaient accablantes.

Une photo d'Aurelia prise dans une église une dizaine d'années avant le drame m'a particulièrement touchée : coincée entre sa belle-mère et son mari, elle avait l'air beaucoup plus âgée qu'aujourd'hui. Cette image m'est revenue lorsque je me suis interrogée sur le rapport des Khatchatourian à la religion et la loi du silence qui semblait régner au sein de la communauté arménienne, jusque dans la police. Toutes les requêtes déposées contre Mikhaïl Khatchatourian s'étaient en effet évaporées. « Tout le monde a fait la sourde oreille au niveau du département régional du ministère de l'Intérieur », avait résumé l'avocat Alexeï Lipster sur les ondes de la radio Komsomolskaïa Pravda. Quand Mikhaïl se vantait d'avoir des amis partout, il disait certainement la vérité. Ses défenseurs affirmaient pourtant que les filles et leurs proches auraient dû déposer davantage de requêtes.

Arsèn, son neveu, qui a pris l'habitude de recevoir des journalistes dans l'appartement de la chaussée Altoufievo, expliquait quant à lui que les filles n'écoutaient rien de ce que leur père disait et laissaient tout en bazar. Pour preuve, il montrait à qui le voulait la cuisine dans un état de saleté avancé, la vaisselle dans l'évier. Je le regardais passer à la télé, je m'imprégnais de la décoration de l'appartement, du buffet couvert d'icônes et de chapelets, de la faïence écaillée, du canapé défraîchi, du fauteuil à bascule au velours beige élimé, et je me demandais pourquoi l'évier n'avait pas été nettoyé depuis la nuit du drame. Arsèn ne semblait pas préoccupé par les interrogations que cette drôle de mise en scène pourrait générer, trop occupé à répéter que Mikhaïl achetait beaucoup de choses à Krestina, Angelina et Maria, tous les derniers gadgets, tous les vêtements qu'elles désiraient, qu'il les emmenait en vacances, qu'elles avaient beaucoup d'argent de poche, comme si cela réduisait à néant les accusations de maltraitance. Il disait aussi que les filles en voulaient toujours plus, et que c'était pour parvenir à leurs fins qu'elles avaient assassiné leur père. Elena Eriomina, leur copine Lena, affirmait au contraire que les filles n'avaient pas d'argent de poche, qu'elles cherchaient à gagner cinquante ou cent roubles dès qu'elles sortaient de l'appartement.

Naira Khatchatourian, la sœur de Mikhaïl, partageait la même rengaine qu'Arsèn. On lui montrait une vidéo dans laquelle son frère criait sur les filles, filmant la table de la cuisine sur laquelle traînaient des papiers de bonbon, pestant à propos des poils de chien. Les trois sœurs se tenaient debout, l'une derrière l'autre, regardaient vers le sol, prostrées, et leur père continuait de hurler : « Retourne-toi, retourne-toi, j'ai dit ! » Naira s'en moquait : « Les filles ne faisaient pas le ménage, il leur demandait constamment de passer au moins l'aspirateur. » Comme Arsèn, elle prétendait que ses nièces avaient tué leur père pour vivre comme elles le voulaient, avoir de l'argent, des petits copains, faire la fête, et qu'Aurelia leur avait mis tout ça dans la tête. Le plan A aurait été de tuer Mikhaïl et de faire disparaître son corps mais, comme il s'était effondré sur le palier, le plan B avait été de faire croire à cette histoire de légitime défense.

Si tous les proches de Mikhaïl répétaient en boucle aux médias que leur fils, leur frère, leur oncle, leur ami, leur comparse de vacances, était quelqu'un de bien, un bon croyant, l'enregistrement audio qui avait été trouvé quelques jours après le meurtre racontait une tout autre histoire. Datant de quatre mois avant le drame, partagé par une amie des filles sous couvert d'anonymat, il avait été diffusé de très nombreuses fois.

Artiom, un proche de Mikhaïl, expliquait dans une émission que, chaque fois que son ami rentrait d'Israël, il rapportait une valise entière de cadeaux à ses filles. « C'était quelqu'un de formidable », souriait-il. Puis le fameux enregistrement était lancé. Il y avait des bips de censure à chaque phrase pour couvrir les mots les plus insultants : « Angelina, *** si tu t'en vas, je te trouverai. Espèces de salopes, espèces de putes finies. Vous amenez des hommes, n'est-ce pas ? Je *** ta mère. Il l'a amenée, c'est ça ? Il l'a amenée pour vous, c'est ça ? *** Vous étiez des putes, vous mourrez comme des putes. ***. Je vais vous battre pour tout. Je vous tuerai. Partez, partez, partez, ne me menez pas au péché. Et tu es une chienne, toi, ma fille, une prostituée, ***. Et qu'est-ce que tu veux ? *** tu veux ? Je peux te montrer une vidéo. » Un long silence s'invitait sur le plateau télé, puis on demandait à Artiom ce qu'il en pensait. « Mikhaïl était quelqu'un de très calme », poursuivait-il.

À l'église de la Sainte-Résurrection du cimetière arménien Vagankovo où Mikhaïl Khatchatourian se rendait presque chaque dimanche, les employés se souvenaient quant à eux d'une famille aisée, parlaient d'amis influents, vivant à l'étranger, en Amérique, qui auraient aidé Khatchatourian, qui lui auraient envoyé de l'argent. « Ce qu'il faisait, Dieu seul le sait. » Dieu seul savait comment cet homme gagnait son argent, mais il ne pouvait être coupable de ce dont on l'accusait. « Il n'a pas pu se comporter comme ça, c'est impossible. » Et que ce soit dans cette église ou sur ce plateau télé, il ne paraissait y avoir aucune limite à la solidarité qui unissait ces hommes entre eux. La communauté arménienne était très soudée, je l'avais moi-même constaté, et aucune des pires révélations sur les actions de Mikhaïl Khatchatourian ne semblait à même de l'entamer.

On devait être en mai ou en juin 2005, ce serait bientôt la fin de l'année universitaire passée à Moscou et, même si je devais y revenir le semestre suivant, je sentais poindre la nostalgie des mois qui venaient de s'écouler. Charles Aznavour était à Moscou pour quelques jours et il donnait un concert. Mon ami Khatchatour était fier de m'avoir emmenée dans la vaste salle de spectacle du Kremlin, avec deux de ses amis, ceux qui avaient définitivement résolu à coups de menaces le problème des types armés qui avaient débarqué quelques semaines plus tôt dans la chambre que Mitia et moi partagions à l'*obchtchejitie*. Je devais être l'une des rares personnes dans la salle à ne pas être arménienne. On s'était levés pour applaudir l'incroyable petit homme à l'âge avancé dont la voix portait encore si fort. Les applaudissements avaient résonné longtemps à la fin du spectacle, et je m'étais sentie si bien à côté de mon ami. « Loretchka est française, Loretchka parle russe, Loretchka est mon amie, je suis si fier qu'elle soit mon amie. » Il me présentait à toutes ses connaissances et il semblait connaître absolument tout le monde, comme s'il était en famille au milieu de ces silhouettes aux cheveux noirs, ces femmes très élégantes, ces hommes aux yeux vifs et brillants. Ils m'apparaissaient unis, soudés, liés par une solidarité dont je n'aurais jamais la clef.

De la vie de Khatchatour lui-même, je ne comprenais pas grand-chose. Il était né en Arménie au début des années soixante-dix, et avait fait son service militaire au moment de la chute de l'URSS et des conflits avec l'Azerbaïdjan qui avaient suivi. Puis il était arrivé à Moscou, avait été admis à la faculté d'Art de l'université Lomonossov où il avait pu reprendre des études à plus de trente ans. Il subvenait à ses besoins en faisant des affaires dont il ne nous disait rien, il avait des liens très forts avec tous ses amis arméniens qui vivaient loin du centre. Il peignait, il sculptait, il travaillait le bois, il deviendrait architecte d'intérieur. La solidarité de sa communauté avait-elle suffi à le nourrir pendant ces années d'études un peu tardives ? Avait-il dû rendre quelques services en échange ? Comment tout cela fonctionnait-il ? J'y avais peut-être songé, mais cela ne me regardait pas, et je ne me serais jamais permis de l'interroger à ce sujet.

J'avais toujours été intimement touchée par l'histoire des Arméniens, le génocide et les pogroms dont ils avaient été victimes, les pertes de territoires qu'ils avaient subies, leur solidarité, leur esprit. Le côté un peu mafieux de l'organisation de leur diaspora ne m'avait jamais dérangée. Je l'avais idéalisé auprès de Khatchatour, au temps joyeux de l'*obchtchejitie*, et je me rendais à présent compte à quel point cette solidarité scellait les lèvres de l'entourage de Mikhaïl Khatchatourian.

On sait aujourd'hui combien les traumatismes vécus par un peuple, une communauté, une famille, peuvent avoir un impact sur les descendants, sur ceux qui portent d'une façon ou d'une autre cette histoire, même éparpillés sur d'autres continents. Les origines arméniennes de Krestina, Angelina et Maria avaient certainement pesé sur la construction de leurs personnalités. Que revivaient-elles de ce passé collectif quand leur père leur enlevait leur innocence, leur intégrité physique, leur liberté ? Qu'avaient-elles purgé un soir de juillet 2018 en l'assassinant sur le sol de l'entrée de l'appartement de la chaussée Altoufievo ?

L'homme croyant et amical dont parlaient les amis arméniens de Mikhaïl Khatchatourian existait-il ? Avait-il jamais existé ? La solidarité communautaire fermait les volets, tirait les rideaux, il n'y a rien à voir, partez. Les témoignages de ses proches, les photos sur les réseaux sociaux, tout sonnait faux. Sa sœur et son neveu avaient même affirmé que les avocats Alexeï Parshine et Iaroslav Pakouline avaient communiqué avec Aurelia cinq ans avant le drame. Ils organisaient soi-disant des conférences sur la légitime défense, c'était leur spécialité depuis des années, elle aurait assisté à l'une d'entre elles, ils lui auraient donc appris à tuer. Ils accusaient également Alexeï Parshine d'être associé aux services secrets américains et de « se rendre régulièrement aux États-Unis pour obtenir des instructions », mais aussi d'avoir soudoyé l'Institut Serbski en charge des examens psychiatriques afin de « salir » leur frère.

Les proches de Mikhaïl Khatchatourian faisaient également en sorte que le procès, qui devait débuter le 31 août 2020, soit reporté. Ils ne venaient pas, profitant du contexte épidémique pour transmettre des certificats de maladie. Ils cherchaient à obtenir le renvoi de l'affaire au bureau du procureur car ils prétendaient que les filles avaient tué leur père pour une grosse somme d'argent. Mais l'enquête n'avait trouvé aucun élément corroborant ces accusations. Les filles avaient abandonné l'héritage après le décès de leur père, elles n'avaient reçu aucun bien, aucun logement, et n'avaient rien demandé.

Accuser Alexeï Parshine d'être à la botte des Américains témoigne d'une peur très prégnante en Russie : celle d'être envahie par les États-Unis. Sans parler de luttes d'influence et de divergences géopolitiques, tout séparait Russes et Américains. Tant de choses les opposaient dans leur façon de vivre, dans leur rapport aux autres. Je m'étais fait cette réflexion la première fois que j'étais allée aux États-Unis, en juin 2007, imaginant Mitia lever les yeux au ciel s'il avait été à mes côtés.

Mitia ne supportait pas que je dise « bonjour » quand je m'arrêtais avec lui au bureau de tabac à la sortie du métro Prospekt Vernadskovo. L'antipathique vendeuse ne me répondait jamais et je devais avoir l'air un peu conne de continuer à la saluer. Je m'étais habituée à ce manque de politesse chez les Russes. De passage à Moscou en juin 2016, j'avais ressenti un profond malaise en entendant les vendeurs, qui avaient à mon grand regret remplacé les petites cabanes de *Krochka Kartochka* et de poulet grillé, proposer des boissons chaudes à emporter et me demander si j'allais bien, comme n'importe quel commerçant américain l'aurait fait en m'accueillant d'un « *how are you doing today ?* ». Une forme de superficialité, alors que la rudesse des Russes avait comme pendant l'indéfectibilité des relations une fois qu'elles étaient tissées. Une fois qu'on y avait goûté, on ne pouvait plus s'en passer.

C'était ce que m'avait dit, sur le ton de la plaisanterie, le père d'Anton et Kostia, ces petits Franco-Russes à qui je donnais des cours : « N'importe quel Français bien constitué a envie de repartir quand il arrive en Russie, mais au bout de six semaines il veut y rester pour toujours », et c'était vrai, comme l'illustrait mon arrivée catastrophique à l'*obchtchejitie*. Il fallait payer trois mois de loyer en liquide, mais je l'ignorais. Un plafond sur ma carte bancaire m'empêchait d'effectuer un trop gros retrait, l'administration m'avait menacée de me mettre à la rue, sans prévenir l'Université que j'étais arrivée. J'avais pu envoyer un message à mon amie Babeth, arrivée quelques jours plus tôt. Elle m'avait prêté du liquide, tout s'était arrangé, mais j'étais restée tétanisée dans la petite chambre du neuvième étage où on m'avait installée. Elena, Marina, Khatchatour et Mitia ne savaient pas encore qu'une petite Française allait bouleverser leur année, et moi je me lamentais : qu'est-ce que je faisais ici, dans cet atroce bâtiment gris ? Pourtant, deux semaines après, il aurait fallu me menacer avec une arme pour que je retourne à Paris. Cela m'avait pris moins de temps que les six semaines dont avait besoin n'importe quel Français bien constitué.

Il y avait peu d'autres étrangers à l'*obchtchejitie*, mis à part ceux qui étaient nés dans les anciennes Républiques socialistes de l'Union soviétique, en Arménie comme Khatchatour, en Ouzbékistan comme Elena, et les Russes ne savaient guère encore comment se comporter avec les touristes. C'était ainsi dans le curieux marché d'Izmaïlovo où on pouvait acheter tout un tas de matriochkas, de châles, de cuillères en bois peintes en noir, jaune et rouge. Nous nous y étions rendues avec Elena à la recherche de manteaux en fourrure, revenant bredouilles de cette expédition à une heure et demie de l'*obchtchejitie*. Il m'en restait des photos de nous hilares aux côtés d'un jeune homme tentant de nous convaincre d'acheter des écharpes auxquelles était accrochée la tête d'un animal que je peine aujourd'hui à identifier. Je me souviens aussi de la stupeur que nous avions ressentie dans ce marché avec mes amies du lycée en découvrant que les toilettes étaient collectives, qu'il fallait faire pipi à côté des autres. Vestiges du communisme, nous avait-on expliqué, parce que même aux toilettes il fallait pouvoir s'observer.

UN AN ET DEMI PLUS TÔT

Il y a une vingtaine de personnes cet après-midi au café-bar Oulybka. Krestina est debout près du buffet, elle se retourne quand son père l'appelle, s'approche de lui et de ses deux amis. « Elles sont de plus en plus belles tes filles, Micha, *krasavitsy kakie*, des beautés, et tu les as pour toi tout seul en plus maintenant ! » Artiom et Mihran, elle les connaît plutôt bien. Il y en a eu des pique-niques au bord du petit lac de la forêt d'Altoufievo, des brochettes d'agneau grillées dans le jardin de la mère de Mihran en banlieue, et des messes le dimanche après-midi. Il y en a eu aussi de ces rires gras, surtout ces dernières années. Entre hommes, on sait plaisanter. Son père serre la taille de Krestina désormais.

« Je leur disais que tu étais sacrément gentille avec ton papa, heureusement que tu es là. » Il presse sa main moite autour de sa taille, elle regarde devant elle, derrière Artiom et Mihran, au-delà du mur qu'elle enjamberait sans tarder si elle le pouvait. « Va me préparer une assiette et remplir mon verre maintenant. »

Krestina s'éloigne et rejoint ses sœurs près du buffet. C'est un restaurant arménien. Aujourd'hui, il est entièrement réservé pour l'anniversaire d'Arsèn. Leur cousin est fier ; à vingt-cinq ans, il se promet de se payer la terre entière. Et là il s'offre des verres de vin, l'Arménie en a de fameux, ça change de la bière et de la vodka. C'est jour de fête, ses yeux rougeoient aussi de l'herbe fumée sur le parking avant d'entrer. Il boit les verres de vin à la file, comme tous les hommes qui rient de plus en plus autour du buffet, qui trinquent en dégustant des *börek*, du taboulé, des épinards au boulgour et de l'agneau grillé. Ils sont entre eux, entre Arméniens, et ils ont tout ce dont ils ont besoin. Les boutons des chemises sont défaits, les auréoles sous les bras de plus en plus marquées, ça sent la sueur dans la grande salle du sous-sol du café-bar Oulybka, le souffle des hommes, la viande de bœuf hachée à l'ail roulée dans les feuilles de chou des *dolma*.

Il y a quelques femmes aussi. Elles boivent un peu de vin, picorent autour du buffet, mais elles s'agitent surtout pour servir les hommes, pour qu'ils ne manquent de rien. Les trois sœurs font de même. Elles déplacent les plateaux pour que les invités aient toujours quelque chose à déguster, les verres de vin il faut bien les éponger. Elles, elles ne boivent pas de vin, mais des tasses de *than*, une boisson à base de lait fermenté. Elles portent des jeans et des petits pulls foncés, elles ont un peu chaud dans la grande salle du sous-sol désormais saturée d'haleines mêlées. Elles ont un peu chaud, mais elles n'enlèvent pas leurs pulls, elles n'ont pas envie de se faire remarquer.

Au sous-sol de ce café-bar de la rue Touristskaïa, il n'y a pas de fenêtres, juste la lumière des néons qui crissent au plafond, et puis aussi, pour quelques instants, les éclairs des bougies du gâteau d'Arsèn qu'il éteint d'un souffle sous les applaudissements. « À vingt-cinq ans, on devient un homme, un vrai », claironne Mikhaïl Sergueïevitch Khatchatourian en serrant les épaules de ce neveu qu'il considère comme son fils. On trinque, on se touche, on se tient par les épaules, on transpire, on lève les bras, on se parle à l'oreille, on blague, on rit, on chante, les cheveux noirs collés sur les tempes, les joues rosies. C'est une vieille chanson arménienne que tout le monde connaît, elle court sur les lèvres, on se partage ses couplets. Krestina, Angelina et Maria se tiennent par la main, elles se sourient, elles aussi connaissent les paroles par cœur. À dix-sept, seize et quinze ans, elles sont plus belles que les coquelicots des montagnes du Caucase, c'est ce que leur mère leur dit quand elles la rejoignent en cachette pour arracher au temps des morceaux volés.

« Arsèn ! Arsèn ! Viens nous prendre en photo, prends-moi en photo avec les filles là, tiens, devant le buffet, prends-nous avec ton téléphone ! »

Elles ont beaucoup trop chaud avec leurs pulls. La sueur coule jusqu'au bas de leurs dos qu'agrippent les mains de leur père.

« Garde-les bien au chaud, Micha, on va te les piquer ! Tu devrais plus les laisser sortir, avec des silhouettes de jeunes filles comme ça, il va leur arriver des ennuis ! » Les rires gras continuent, entre hommes, on sait s'amuser. Arsèn a pris une photo de ses cousines et de son oncle, il lui enverra tout à l'heure pour qu'il la mette sur son compte VKontakte. Il partage souvent des photos de lui et des filles, et les commentaires sont aussi gras que les rires. Il y en a plein la salle désormais, plein les murs, plein les bouches d'aération, plein les mots. Sur la photo, les dents blanches de leur père ont attrapé toute la lumière des néons.

Cette photo existe, je l'ai regardée de nombreuses fois. Je l'ai trouvée sur Internet, elle venait des réseaux sociaux de Mikhaïl Khatchatourian et avait été reprise dans la presse. Il y porte une grosse chaîne en or avec une croix, sa chemise blanche est entrouverte, on voit ses poils noirs, son ventre gras. Il se mettait beaucoup en scène, publiant de nombreuses images de lui, avec sa famille, avec ses amis, avec ses filles. « Vous comprendrez tout sur le personnage de notre père rien qu'avec ses pages sur les réseaux sociaux », avait recommandé son fils Serioja au journaliste de *Komsomolskaïa Pravda* qui l'avait appelé le lendemain du drame.

Mikhaïl avait deux cent trente-quatre amis sur Odnoklassniki, un réseau social permettant de retrouver d'anciens camarades de classe à travers toute la Russie et les anciennes Républiques socialistes soviétiques. Il avait partagé trois mille cinq cents photographies sur VKontakte, le Facebook russe. Il y figurait avec des célébrités, posant avec le chanteur d'origine arménienne Avraam Russo, le ténor Nikolaï Baskov ou le comédien Evgueni Petrossian. Il portait toujours sa large croix en or sur la poitrine, il voyageait dans des lieux saints, allumait des cierges, priait à l'église du Saint-Sépulcre à Jérusalem aux côtés du patriarche arménien à la longue barbe blanche. On le voyait se signer et plonger la tête dans un bassin sablonneux sur une vidéo partagée de très nombreuses fois depuis le début du traitement médiatique de l'affaire. Krestina, Angelina et Maria apparaissaient sur certains de ces clichés, portant parfois des châles, comme il est d'usage de le faire dans les églises orthodoxes russes et dans les églises apostoliques arméniennes.

En découvrant les photos que Mikhaïl Khatchatourian postait compulsivement, son ventre gras, son crâne dégarni, sa barbe négligée, son long manteau en cuir noir au col en fourrure digne d'un parrain de la drogue, les airs de saint qu'il voulait se donner avec ses surplis religieux brodés, sa vulgaire chaîne en or, je m'étais vraiment demandé ce qu'Aurelia avait pu lui trouver, comment elle avait pu se laisser séduire par ce sale type qui l'avait forcée à avoir des rapports sexuels dans les toilettes d'un restaurant dès le début de leur relation. Et puis j'étais tombée sur une photographie datant d'une vingtaine d'années, celle du baptême de leur fils aîné.

Aurelia était sublime dans sa robe et sa veste blanches, portant dans ses bras son bébé enroulé dans une couverture du même ton fermée par un ruban d'organza bleu. Mikhaïl aussi était beau avec ses cheveux noirs épais, sa barbe bien coupée, sa chemise blanche, son buste sec et musclé. J'avais alors compris comment, à dix-sept ans, arrivant de Moldavie dans le Moscou de 1995, elle avait pu se sentir protégée par cet homme de dix-sept ans son aîné. Quand avait-elle compris avec qui elle s'était engagée ? Pourquoi avait-elle poursuivi cette relation après le viol dans les toilettes ? Avait-elle ravalé ses larmes en remontant ses collants, s'était-elle dit que c'était comme ça les hommes, parfois ? Que Mikhaïl avait par ailleurs des qualités, qu'elle avait besoin de quelqu'un de fort pour s'occuper d'elle ? Combien de temps était-elle restée dans cette zone grise à douter ? Combien de temps avait-elle tu cette violence sans la partager ?

Quand Marina a fêté son anniversaire sur Zoom en juin dernier, elle a eu un mot pour chacune de ses amies présentes. « Loroussik a cette façon rien qu'à elle de s'habiller, de se coiffer, de bouger ses cheveux, elle est si sensuelle. Je n'ai vu que chez elle cette façon de se tenir et de se vêtir que je lui envie, parce que c'est inné. » J'avais rougi. Cela me semblait drôle qu'elle loue chez moi cette élégance à la française alors que c'était en Russie que je m'étais trouvée. J'y étais partie avec mes tenues d'adolescente et mes baskets. J'en étais revenue plus confiante, les gestes plus assurés, je ne craignais plus d'être regardée. J'avais découvert à Moscou une autre façon de m'habiller, d'être élégante, de me sentir belle. Ce n'était pas le regard des hommes que je cherchais, c'était une nouvelle façon de vivre ma féminité.

Je gardais un souvenir précis d'un matin de juin 2005. L'un des panneaux de Prospekt Vernadskovo affichait vingt-huit degrés. En été, la morsure du froid laissait place à une chaleur lourde qui devenait étouffante entre les hauts bâtiments de la capitale, je le découvrais pour la première fois. Je marchais seule, je portais des escarpins vert pomme, une jupe courte blanche, un top en soie vert. J'aimais le bruit des talons sur les larges dalles du trottoir, la sensation que me procurait cette hauteur. Le soleil mordant ma peau me faisait me sentir vivante, le désir montait le long de mes jambes, je me souviens d'une sensation de puissance.

La sécurité que je ressentais à Moscou, je ne l'ai jamais ressentie dans les rues de Paris. Là-bas, les hommes se levaient pour me laisser une place dans le métro, me payaient des verres sans tenter de me toucher, me raccompagnaient sans me sauter dessus, ne me sifflaient pas, ne m'interpellaient pas. C'était à Paris que les hommes collaient leur sexe contre mes fesses dans le métro, me suivaient jusqu'en bas de chez moi en me traitant de « salope » sous les yeux de leurs garçonnets, me sifflaient quand je roulais à vélo, m'insultaient quand je ne répondais pas à leurs compliments, se masturbaient devant moi dans les bibliothèques. Le harcèlement de rue, je ne l'ai connu qu'en France, jamais en Russie, ni aujourd'hui, ni il y a quinze ans, ni la première fois où je suis allée à Moscou avec ma classe de terminale.

En Russie, je sortais beaucoup plus que je ne l'ai jamais fait à Paris. Tous les jeudis soir, Marina, Macha, Julie, Cosmo, Elena et moi nous retrouvions en bas de l'*obchtchejitie*. On hélait les voitures qui passaient, « *mojno na 150 ?* – vous nous emmenez pour 150 roubles ? ». On s'achetait une bière à la petite cabane blanche à la sortie du bâtiment, et on filait vers le Boar House assis les uns sur les autres dans une ou deux voitures. Je passais la plupart de mon temps avec Mitia et ses amis russes, mais le jeudi soir j'aimais sortir avec d'autres étudiants étrangers. Le Boar House était un bar qui se transformait en club en fin de semaine. On s'y rejoignait pour danser, on y commandait des *bazouki* qui contenaient plusieurs litres de bière, on y écoutait de la pop, « Ma philosophie » d'Amel Bent et « Femme Like U » de K. Maro y rencontraient un franc succès, et Marina chantait à tue-tête sur la piste de danse « donne-moi ton cœur bébé, ton corps bébé » en ne comprenant pas un mot de ce qu'elle disait. C'était aussi au Boar House que Macha et moi avions pris l'habitude de nous embrasser sur la bouche, des vrais baisers qu'on se donnait accoudées au bar avant d'appuyer sur la pompe du *bazouka* et de remplir deux nouveaux verres de bière. Macha venait d'Irkoutsk, elle était drôle et belle, elle avait les yeux bridés d'un des peuples originels de Sibérie et c'était la copine de Julie, la seule autre Française de l'*obchtchejitie*.

Mitia n'aimait pas que j'aille là-bas. Nous avions dû nous disputer pendant que je me préparais à sortir ce jour-là, j'avais donc bu plus que de raison pour ne plus y penser. Et puis tout à coup, j'en avais eu marre. J'étais sortie du Boar House sans rien dire à mes amies, j'avais appelé une voiture depuis le trottoir et réussi à donner l'adresse de l'*obchtchejitie*. Je n'avais pas pris un taxi officiel mais avais levé le bras sur le bord de la route pour qu'une voiture s'arrête.

Quand je m'étais réveillée le lendemain, j'avais des dizaines d'appels en absence, mes amies s'étaient beaucoup inquiétées car aucune ne m'avait vue partir. Malgré mon mal de crâne, je me souvenais que l'homme qui m'avait ramenée s'était arrêté plusieurs fois sans broncher pour que je puisse vomir sur le bas-côté. J'avais vingt ans, j'étais belle, j'étais française, j'étais ivre morte. Cet homme ne m'avait rien fait, il m'avait protégée, il m'avait raccompagnée chez moi.

Dans cette Russie où j'habitais alors, la sécurité que je ressentais dans l'espace public différait en tout point de la violence que je vivais de plus en plus souvent avec le garçon que j'aimais. On ne parlait pas de ce qui se passait au sein du foyer une fois les portes de l'appartement refermées, il existait une frontière étanche entre la sphère familiale, où les violences étaient communes, et l'espace public au sein duquel les femmes n'étaient que peu agressées. Je donnais des cours de français à des enfants dans trois familles, et je me demande aujourd'hui au sein de laquelle d'entre elles les coups pleuvaient, parce que c'était peut-être le cas. Statistiquement, c'était une probabilité.

Ce n'était sûrement pas la mère d'Anton et Kostia, une Russe mariée à un Français, toujours absente, centrée sur sa carrière, froide et autoritaire. Était-ce la maman d'Alicia, elle qui avait parfois l'air si perdue d'avoir dû arrêter de travailler après la naissance de sa fille, comme tant de femmes en Russie, car l'école ne commençait qu'à six ans et qu'il existait peu de solutions pour faire garder ses enfants ? Était-ce la mère de Kristina, que je retrouvais deux fois par semaine dans une luxueuse maison à deux pas du consulat français ? Elle était gentille, m'offrait souvent un thé. Elle m'avait annoncé un jour qu'elle partait en voyage et ne serait pas là pendant trois semaines, mais quelques jours plus tard j'étais tombée sur elle par hasard tandis que je courais après la petite dans l'appartement : elle était recluse dans sa chambre, le visage couvert de bandages. Elle avait fait un lifting. Ça m'avait semblé si étrange alors, je ne connaissais pas encore la peur de vieillir.

À Moscou, les avocats des trois sœurs demandaient qu'une procédure pénale soit ouverte contre Mikhaïl Khatchatourian à titre posthume pour les violences commises à l'encontre de ses filles. Les témoignages de ses proches, de sa sœur Naira, de son neveu Arsèn éructant à la télé, noircissaient toujours un peu plus l'idée qu'on se faisait de ce qu'avait dû être la réalité de leur existence pendant des années. Les preuves de la tyrannie exercée par leur père s'étaient tellement accumulées au fil des mois que j'en venais même à me demander si dans les bureaux du bâtiment gris de la rue Baumanskaïa, les membres du Comité d'enquête de la Fédération de Russie ne commençaient pas à envisager la reconnaissance de la légitime défense, même à demi-mot, même à couvert, même peut-être seulement dans le secret de leurs têtes.

Mais ce qui se passait dans l'intimité de la pensée était particulièrement difficile à appréhender en Russie, parce qu'on parlait d'un peuple qui avait vu ce territoire sacré violé pendant plus de sept décennies – le totalitarisme étant une violence que nous, qui ne l'avons pas vécue, ne pouvons pas nous représenter. En Union soviétique, l'État était entré dans la tête des hommes et des femmes, niant à l'individu le droit d'exister pour lui seul. On avait fusillé les aristocrates, les bourgeois, les propriétaires, les religieux. Ensuite, il avait fallu rééduquer tous les autres, leur apprendre ce qu'on attendait d'eux désormais, enlever de leurs crânes ce qui pouvait résister, détruire des livres, empêcher les poètes et les romanciers d'écrire et les artistes de créer librement, parce qu'il n'y avait plus qu'une vérité.

L'esprit humain trouve toujours une façon de contourner l'adversité. De très nombreux Russes avaient commencé à recopier des textes à la main dans des petits cahiers qu'on se passait de foyer en foyer. Les proches des poètes apprenaient leurs vers par cœur, pour que, si ces petits cahiers venaient à disparaître, les vers restent imprimés dans la mémoire d'au moins un être humain, voire de plusieurs, car n'importe qui alors pouvait se retrouver condamné, envoyé au goulag, pour dix ans, vingt ans.

Dans la violence totalitaire, l'intime n'existait plus. On avait d'abord décidé de nationaliser toutes les propriétés et de réattribuer les logements en fonction du nombre de personnes qui y vivaient. On avait appelé cela des appartements communautaires, des *komounalki*. On collait une famille par chambre, on se partageait la cuisine, la salle de bains, il n'y avait plus aucune intimité, et pour avoir des rapports sexuels hors du regard des enfants et des voisins, on pouvait toujours s'enfermer dans les toilettes. Et puis, évidemment, tout le monde s'espionnait. Le plus vil ressortait : ton voisin t'embêtait ? Un petit courrier et c'était réglé. Tu l'avais entendu critiquer le camarade Lénine ou plus tard le camarade

Staline ? Alors le goulag, il le méritait. Ou peut-être n'avait-il jamais critiqué le premier secrétaire du Parti ailleurs que dans le secret de son crâne auquel tu ne pouvais pas accéder, mais tant pis pour lui, il n'avait qu'à pas t'ennuyer.

Si l'accès aux archives de la Tcheka, de la Guépéou et du NKVD restait compliqué malgré l'effondrement de l'Union soviétique – cela avait duré assez longtemps pour que la police politique ait le temps de changer de nom plusieurs fois –, celles de la Stasi ouvertes en Allemagne de l'Est avaient révélé à beaucoup d'individus qu'ils avaient été dénoncés de la main d'un collègue, d'un conjoint, d'un voisin. Ces délations ont laissé des traces indélébiles, et je me demandais si le fait que les hommes russes soient aujourd'hui si nombreux à espionner leur compagne, à ne pas supporter de ne pouvoir tout contrôler d'elle, ne venait pas de là.

Quand je vivais à Moscou, à l'*obchtchejitie*, Mitia passait son temps à me demander si je le trompais. Il l'avait demandé dès le début, et c'était la première fois que je sortais avec un garçon pour qui la jalousie était une telle obsession, à tel point qu'il m'était arrivé de penser que ce désir obsessionnel venait de quelque chose de plus fort que lui, qui aurait trop longtemps infusé dans la société. Et puis peut-être aussi qu'en tentant de contrôler chaque pan de l'existence on n'avait fait que creuser les failles de l'intimité. Parce que si, en URSS, on avait construit un homme nouveau, il était resté une zone impénétrable à l'intérieur des foyers : à cet endroit seul, les hommes avaient pu continuer à exercer une forme de domination, de pouvoir, avaient gardé l'ascendant sur leur existence.

On pouvait tout lui imposer, tout chercher à maîtriser de sa pensée et de ses actes, mais dans les quelques mètres carrés qu'on lui avait donnés dans le *komounalka* du quartier, l'homme rouge pouvait continuer à frapper sa femme : qui l'en empêcherait ? On avait d'ailleurs construit une société dans laquelle les hommes et les femmes avaient les mêmes droits, pouvaient occuper les mêmes emplois, accéder aux mêmes responsabilités, mais l'égalité s'était arrêtée là : les violences domestiques, elles, n'avaient jamais cessé. « *Biot – znatchit lioubit* – s'il te bat, c'est qu'il t'aime », le vieux proverbe russe, on ne l'avait pas mis de côté, ni pendant le temps soviétique, ni après.

Aujourd'hui en Russie, on continuait de se parler longuement, assis à la table de la cuisine, comme du temps où c'était là qu'on se murmurait les vers des poètes, avec le sentiment d'y être à l'abri. Quand j'avais retrouvé Marina à Moscou en novembre 2019, on avait passé des heures à tout se raconter, dans la chaleur de l'appartement douillet où elle vivait avec son mari et leurs deux fils. Cette famille la comblait d'un bonheur qu'elle n'avait jamais éprouvé dans le foyer où elle était née.

J'avais vu la mère de Marina débouler de nombreuses fois à l'*obchtchejitie*. Elle ne cessait de parler d'argent, cela l'obsédait, comme tous ceux qui en avaient sévèrement manqué. Marina souffrait de la relation étrange qui la liait à sa mère, de son côté intrusif, envahissant. Elle cherchait toujours à s'immiscer dans son couple, dans son intimité. Je me demande aujourd'hui si c'était seulement sa mère qui était à blâmer ou si c'était aussi ce foutu rapport à l'intimité que le système soviétique avait distillé dans les têtes pendant tant d'années, parce que pour la mère de Marina, en définitive, l'intimité n'existait pas. Alors aucune raison que sa fille y ait droit.

Marina n'aimait pas faire l'amour, elle n'aimait pas la sexualité. Je le savais, elle ne s'en était jamais cachée, parce qu'elle aurait bien aimé que ce soit différent. Elle avait beau essayer, elle n'y arrivait pas. « Tu sais, *solnychko*, quand j'étais adolescente, quand j'ai commencé à m'intéresser aux garçons, ma mère, ça l'a rendue folle, elle passait son temps à me surveiller et surtout à me répéter "tu n'es qu'une prostituée", qu'est-ce que j'ai fait pour avoir une fille comme toi ? » Marina s'est confiée à moi la dernière fois que je suis allée la voir ; on a beaucoup parlé des femmes, de leur place en Russie. La mère de Marina l'avait traitée de putain pendant toute son adolescence, la menaçant de finir fille-mère et seule si elle ne savait pas se tenir avec les garçons, et, pour mon amie, c'était toute la sexualité qui était devenue quelque chose de sale, un espace où elle ne parvenait pas à s'épanouir. Elle ne voyait pas cela comme quelque chose de honteux pour les autres, c'était pour elle que ça ne marchait pas. Moi elle m'écoutait, elle savait à quel point j'aimais la sexualité, à quel point le désir des hommes m'habitait, et elle tentait de le comprendre.

Mikhaïl Khatchatourian n'avait jamais interdit à ses filles d'avoir des téléphones ou des comptes sur les réseaux sociaux. Il avait vite réalisé que, s'il se débrouillait bien, ces canaux de communication lui offriraient un moyen de plus de les contrôler. Il piratait leurs données grâce au cloud partagé, avait eu accès à leurs mots de passe et à tous leurs échanges. C'était ainsi qu'il avait réussi à trouver le numéro de Tatiana Nefmianova, l'ancienne petite amie de son fils Serioja. Il l'avait contactée et s'était mis à la harceler. Son témoignage est l'un de ceux qui m'a le plus marquée pendant toutes ces heures de programmes que j'ai visionnées.

Tatiana se tenait les doigts, elle rougissait, elle semblait très gênée de témoigner ainsi sur un plateau télé, mais elle savait que c'était important qu'elle soit là pour raconter. Après tout, ils n'étaient pas nombreux à avoir approché de si près l'intimité du foyer. Puisqu'elle était sortie avec Serioja pendant plusieurs années, elle connaissait bien Krestina, Angelina et Maria. Il arrivait que les filles lui envoient des SMS à dix heures du soir ou à trois heures du matin parce qu'elles avaient besoin d'aide, qu'elles étaient épuisées et ne savaient plus quoi faire pour ne pas se faire frapper dès que l'un des souhaits de leur père ne pouvait être comblé. Tatiana expliquait que Mikhaïl Khatchatourian avait commencé à lui écrire, à l'insulter, qu'elle avait fini par le bloquer partout, sur ses messageries, sur les réseaux sociaux, jusqu'à ce qu'il poste un commentaire salace sous une photo de l'un de ses contacts. Elle l'avait alors débloqué pour lui demander de supprimer ce commentaire, et il lui avait envoyé une vidéo pornographique.

Peu de temps après, Arsèn, le neveu de Mikhaïl, avait laissé à Tatiana un message vocal très menaçant que la jeune femme avait conservé. « Pute, salope, chienne ! Tu sais qui je suis ? Merde ! Moi je sais où tu vis, il m'a fallu une minute pour te trouver. Tu te moques de moi, putain de merde, tu veux quoi ? Je te le répète une troisième fois, sale chienne : arrête de communiquer. Tu vas arrêter, je te le répète, sale pute. Si quelqu'un t'appelle dans la rue, putain, ne sois pas étonnée. »

Comme chaque fois qu'un témoin de la tyrannie que vivaient les filles venait s'exprimer, la parole était aussi donnée à un proche du défunt. Ce n'était pas la première fois que Bruce Khlebnikov passait à la télé, c'était un athlète connu pour avoir battu de nombreux records en Russie et dans le monde. C'était aussi un ami de Mikhaïl, et il était bien content d'être présent pour témoigner. « Un père formidable, très croyant, il ne supportait pas que ses filles sortent avec des garçons, elles étaient encore jeunes, c'était son bon droit. » Tatiana venait pourtant d'expliquer que cet homme, le père de son ex-petit copain, l'avait harcelée, insultée, lui avait envoyé une vidéo pornographique. Mais qu'à cela ne tienne, Bruce Khlebnikov n'en avait rien à faire : il le disait, le répétait, avec une vulgarité qui n'avait rien à envier à celle d'Arsèn, à celle de Mikhaïl sur l'enregistrement audio tant de fois diffusé. Les filles n'auraient pas dû s'intéresser aux garçons, leur père était un homme bon, il n'avait rien à ajouter.

Je suis née avant Internet, avant le téléphone portable, avant les réseaux sociaux. Durant mon adolescence, j'appelais mes copains et copines sur le téléphone fixe, pour leur donner des rendez-vous auxquels on ne pouvait ni être en retard ni être absents, à moins de laisser l'autre patienter. Avec mon premier portable, en terminale, j'avais pu contacter mon amour de vacances, renouer avec lui avant l'été. C'était formidable de pouvoir dire, en instantané, le désir, les émotions, les pensées.

Des années plus tard, quand ces nouveaux moyens de communication auraient tout envahi de nos échanges, de nos interactions, j'aurais un amant à qui j'écrirais mon désir dans ces longs messages qui troublent tant les hommes, et puis quand tout serait terminé j'aurais besoin d'écrire notre histoire pour y mettre fin de mon côté. Ce manuscrit, jamais je ne lui enverrais, mais cet homme piraterait tout de mes boîtes mail, de mes messageries, de mes comptes sur les réseaux sociaux, de mes stockages de données, et enverrait des extraits de mes textes, des photos de nous deux nus au lit, à mon mari, à mon père, pendant des semaines, des mois, presque deux années.

La nuit où j'avais compris l'ampleur de ce piratage, je n'avais pas dormi, les yeux grands ouverts fixés sur le plafond. J'avais pensé très fort alors, sans vraiment de raison, à Marina Tsvetaïeva et Anna Akhmatova, ces deux poétesses russes dont les vies me fascinaient. Elles n'avaient jamais délaissé l'écriture, et c'était cela seulement qui leur avait permis de rester libres à l'intérieur d'elles-mêmes quand tout le leur interdisait. J'avais repensé au *samizdat*, ce système clandestin de circulation d'écrits dissidents en URSS et dans les pays du bloc de l'Est, à tout ce que les Soviétiques avaient pu mettre en place pour résister à la machine qui les broyait, et même si je repoussais loin de moi l'idée de comparer le fait d'être espionnée et harcelée par un ancien amant pervers à un système totalitaire, j'avais ressenti la violence de se faire voler ses mots.

UN AN PLUS TÔT

Il jure tellement fort dès que s'ouvre la porte de l'ascenseur que les filles entendent toujours leur père arriver.

« Lena, Lenotchka, cache-toi, vite, dans le placard, vite ! » Krestina pousse son amie dans la penderie de la chambre qu'elle partage avec ses sœurs. Angelina et Maria se ruent dans la cuisine. Elles n'ont pas lavé les assiettes, la casserole est encore dans l'évier, elles n'ont pas aéré, elles n'ont pas vu le temps passer.

Leur père s'est déchaussé au bout du corridor, à l'orée de la pièce qui fait cuisine, salon, salle à manger, vers laquelle Angelina et Maria se sont précipitées dès qu'elles ont entendu ses jurons. « Désolées, papa, on va faire la vaisselle, on faisait nos devoirs. »

Mikhaïl ne les écoute pas, c'est après Krestina qu'il en a : « Viens ici j'ai dit, viens ici ! »

L'aînée sort de sa chambre, elle a un peu tardé, elle voulait s'assurer que Lena ne serait pas trop mal installée, cachée sous les chemises et les taies d'oreiller.

« Pourquoi c'est dégueulasse comme ça ? Vous pouviez pas vous bouger le cul et nettoyer ? Tu pouvais pas leur dire de s'activer au lieu de traîner sur le canapé ? Bande de feignasses, il faut tout leur dire, incapables de se bouger, elles ont seize et dix-sept ans maintenant putain, *bliad*, c'est plus des bébés ! Tu vas finir de tout ranger, et elles, elles vont aller au coin, ça leur apprendra. Elles font les petites filles, alors il faut les punir comme des gamines. Au coin, Angelina et Maria, j'ai dit au coin !

– Ne les gronde pas, papa, elles ont fait comme elles pouvaient, elles avaient plein de devoirs à terminer…

– Arrête, Krestina ! Arrête de me parler de devoirs parce qu'à l'école vous n'allez plus du tout y aller ! Si c'est une excuse pour pas s'occuper de la maison… On aura tout entendu… J'ai dit au coin vous deux. Feignasses, va ! »

Angelina et Maria tremblent jusque sous la plante des pieds, elles se collent au meuble de l'évier, s'accrochent à la faïence beige émaillée, la table en bois devant elles toute tachée, comme une barrière de sécurité.

« Allez, plus vite que ça, et chacune d'un côté ! »

Il crie de plus en plus fort, les cœurs des filles cognent leurs côtes, la sueur coule le long de leurs dos, doucement, leurs tempes battent le même rythme, leurs oreilles bourdonnent, c'est toujours bizarre ce que la peur fait au corps.

Angelina va se mettre à l'angle gauche de la fenêtre, Maria se dirige vers l'angle droit. Elles ont l'habitude, elles savent exactement comment se tourner, le dos à la pièce, les yeux baissés, il ne faut surtout pas les lever, parce que si leur père les voit se regarder, ça pourrait vraiment dégénérer.

Il n'y a rien d'autre à faire que de compter les marques sur le sol, les éclats sur la plinthe, les poussières, les éraflures, il n'y a rien d'autre à faire que de rester debout, à compter dans sa tête, à visualiser les minutes et les secondes, elles peuvent parfois y passer des heures au coin. Angelina et Maria aimeraient mieux regarder par la fenêtre les enfants jouer dans le square à côté, mais il leur faudrait tourner la tête, et ça mettrait leur père encore plus en colère. Il est là tout près, il a allumé la télé, elles sentent son odeur, derrière : alors elles essaient de rentrer dans le mur, de ne plus exister.

Mikhaïl est à présent bien affalé, il remonte le repose-pieds, sort sa chemise de son pantalon, ouvre le premier bouton, son ventre déborde, il est de plus en plus gros. Il appuie sur la télécommande d'une main, se gratte de l'autre, le haut du dos, la nuque, le bras, les poils poivre et sel, les grains de beauté. Il boit une gorgée de la bière que Krestina vient de lui apporter, décapsulée, avant de commencer à préparer le dîner. « Dépêche-toi, j'ai faim, plus vite que ça, mais tes sœurs et toi, vous mangerez pas, il ne manquerait plus que ça, quand on fait les feignasses, faut assumer… »

Il fait ça souvent Mikhaïl Sergueïevitch, s'affaler sur son fauteuil, crier sur les filles, les mettre au coin, les priver de nourriture, les empêcher d'aller aux toilettes, pendant des heures, jusqu'à ce qu'il en ait marre, jusqu'à ce que lui soit fatigué. Il dit qu'il n'y a que comme ça que ça finira par leur rentrer dans le crâne : c'est lui qui commande, elles n'ont rien à dire, elles lui doivent le respect.

Il n'y a plus de bruit maintenant, juste le ronron de la télévision. Lena ne sait pas très bien depuis combien de temps le père de ses copines est rentré, elle sait juste qu'elle doit attendre leur signal pour sortir du placard. En général, il s'assoupit vite, après quelques bières, ce n'est pas la première fois qu'elle se retrouve coincée là. Quand c'est la vieille Lydia qui arrive sans crier gare, c'est plus compliqué. Une fois, elle a dû rester enfermée dans le placard toute une matinée.

Elle ne sait pas comment font les filles pour supporter ça, les insultes, les cris, le coin. Elle voudrait les aider, mais Mikhaïl Sergueïevitch Khatchatourian lui fait peur avec sa voix de brigand et son pistolet à air comprimé. Et puis elle n'est pas bête Lena, elle sait bien qu'enfermée une heure ou deux dans le placard de la chambre de ses copines, elle est loin de la vérité, qu'il doit se passer bien pire parfois. Il y a des choses qu'on ne lui dit pas, mais qui transpirent de tous les recoins, comme si les murs de l'appartement avaient emmagasiné le noir, les secrets, les souffles coupés, les draps tachés, les corps souillés.

Tuer son père, c'est aussi tuer une partie de son être. Je voulais comprendre ce qui avait déclenché le passage à l'acte des trois sœurs, ce moment où dans leurs têtes tout avait basculé. «Jusqu'où avait-il fallu pousser les filles pour qu'elles tuent leur propre père ?» se demandait encore le criminologue Evgueni Kharlamov, plus de deux ans après le parricide.

J'ai longuement parcouru les récits de sévices mis en ligne par leurs avocats. Je vidais parfois quelques verres de vin pour rendre ces lectures plus faciles, le goût du rouge se mêlait à celui de mes souvenirs. Il y avait celui de mon professeur de collège qui m'avait emmenée dans sa voiture sur les bords de Maine, du garçon avec qui je vivais en Russie qui m'insultait et avait levé la main sur moi, de l'homme qui m'avait harcelée violemment pendant deux ans, tous ceux qui avaient pris, abîmé, profité. Il y avait aussi tout ce que ma mère avait pu me raconter de son travail. Elle enseignait dans un institut pour enfants souffrant de troubles du comportement et de la personnalité, des enfants souvent victimes de violences, retirés de leur famille, placés dans des structures d'accueil. Elle rentrait du travail secouée. C'était surtout à mon père qu'elle faisait ces récits de maltraitance, de mères assassinées par le conjoint ou l'ex-conjoint sous les yeux de leurs enfants parce qu'elles avaient voulu partir. Tous ces récits, je les entendais, et quelque part en moi ils s'inscrivaient. Des années plus tard, ma mère a compris qu'elle n'avait pas choisi ce travail par hasard. C'était pour se guérir, pour réparer les maux liés à cette grande histoire familiale que je connaissais et qui avait été ponctuée de violences.

Parmi les élèves de ma mère, beaucoup avaient vécu des abus sexuels. L'inceste n'a rien à voir avec la pédophilie, l'inceste n'est pas la tare du dégénéré qui coince une gamine dans un parc, l'inceste n'est pas rare, c'est un instrument de pouvoir : il permet d'humilier, de contrôler, au sein de son foyer.

Deux ans avant de commencer à écrire l'histoire des sœurs Khatchatourian, je suis allée voir ma grand-mère en compagnie de ma mère et mon oncle et, au détour d'une conversation, j'ai appris que mon arrière-grand-père avait « fait des choses » à ma tante Julia quand elle était enfant. La sœur de ma mère avait eu une vie très difficile, une jeunesse tourmentée. Julia était belle, très fine, brune, elle donnait tout ce qu'elle avait, ses vêtements, ses livres, ses bijoux, comme si elle se délestait de ce qui pesait sur ses épaules. Elle avait perdu une fille à huit mois de grossesse, elle avait dû accoucher du petit corps mort, puis elle avait eu trois autres enfants, deux fils et une fille, de trois pères différents, deux de ces hommes buvaient. Mon cousin, son fils aîné, était mort dans un accident de voiture à l'âge de vingt-deux ans, alors que j'en avais dix-sept, je me souvenais de la main de son frère dans la mienne quand nous étions entrés dans la morgue et avions vu son visage figé dans la mort. Je m'étais souvent demandé comment ma tante avait pu continuer à vivre après ce drame, et ce qui s'était passé dans son enfance, sa jeunesse, pour qu'elle ait en elle cette fêlure. Personne n'avait jugé bon de me raconter que mon arrière-grand-père avait abusé d'elle.

En rentrant de ce déjeuner au restaurant, j'ai ressenti de la colère, du dégoût. On m'avait toujours dit qu'il fallait parler, au diable les secrets et l'impact qu'ils pouvaient avoir sur toute une famille, sur les enfants, les petits-enfants, les descendants, mais de ce secret-là je ne savais rien jusqu'à ce jour.

Et moi je n'en ai parlé à personne non plus après : j'ai rangé le secret dans un coin de ma mémoire que j'ai fermé à clef. Pourtant, quelque chose me disait que mon arrière-grand-père n'avait pas pu commencer avec ma tante Julia. Ces histoires-là ne se passent jamais comme ça, on ne devient pas incestueux à soixante ans passés avec sa petite-fille : avait-il abusé de sa fille, ma grand-mère, quand elle était enfant ? Ses sept frères aînés, qui eux l'avaient choyée, avaient-ils pu la protéger des vices de leur père ? Dès qu'ils avaient été assez grands pour le faire, ils avaient plaqué le tyran paternel contre un mur, exigeant qu'il ne frappe plus leur mère, mais je savais que, petite fille, ma grand-mère avait assisté à des scènes d'une rare violence, croyant sa mère morte sous les coups de son père, courant frapper à la porte des voisins pour demander de l'aide, épongeant le front de sa mère taché de sang, la voyant vivre recluse avec l'interdiction de sortir de la maison. Mon arrière-grand-père Carlo était un monstre : mon oncle et ma tante ont dansé de joie le jour de sa mort, peu de temps avant la naissance de ma mère.

J'avais envie d'appeler ma grand-mère, de lui poser cette question de l'inceste qui me taraudait désormais. Je ne l'ai pas fait parce qu'elle avait quatre-vingt-dix ans, mais je n'osais pas pour autant la poser à ma mère. Je n'ose toujours pas. J'ai envie de le faire, j'essaie de le faire, mais je n'y arrive pas, tout reste bloqué dans ma gorge.

SIX MOIS PLUS TÔT

D'habitude, leur père les prévient avant de rentrer. Il leur envoie un message, et elles doivent descendre pour être là, toutes les trois, devant le bâtiment. Il arrive, gare sa voiture. Il prend parfois un appel, il peut parler longtemps, assis dans sa voiture noire aux vitres teintées. Et quand il en sort enfin, elles doivent rester debout, silencieuses, et attendre qu'il fasse sonner la petite cloche qu'il porte accrochée à la ceinture de son pantalon.

Mais aujourd'hui, pas d'appel, pas de longues minutes devant l'entrée du bâtiment, pas de cloche. Il a voulu les surprendre. Parce que, s'il les avait appelées, elles auraient peut-être tenté de fuir, comprenant au son de sa voix que rien ne pourrait apaiser sa fureur.

Elles se doutaient que leur père surveillait leurs téléphones, mais pas autant, pas à ce point. Sinon, elles auraient fait plus attention, et Krestina aurait effacé encore plus régulièrement les messages de son petit ami.

C'est trop tard maintenant, c'est toujours trop tard. Mikhaïl tape les murs de l'appartement de ses poings, il crie, jure, postillonne. « T'as cru quoi, Krestina ? Que t'allais t'en tirer comme ça ? Quand vas-tu apprendre à me respecter ? » Il crache une glaire dans le mouchoir en tissu qu'il a tiré de la poche arrière de son pantalon, l'y remet et en sort une petite bombe lacrymogène. L'une de celles qu'il a toujours à sa portée, et dont la vue paralyse ses filles. Elles se collent l'une contre l'autre, le long de la porte de leur chambre. Elles baissent les yeux, leurs mains se serrent, elles ne sont plus qu'une seule et même personne, leur père à quelques centimètres d'elles. Il donne un coup de pied dans le mur, il rit comme un possédé, avant de vaporiser son gaz poivré.

Sur le sol, dans l'entrée, la sueur ruisselant sur son front, ses tempes, le haut de son dos, Mikhaïl Khatchatourian s'est jeté sur sa fille aînée. Il la recouvre de tout son corps.

Angelina et Maria ne sont pas loin, étendues par terre, le gaz lacrymogène brûlant dans leurs yeux. Ce ne sont que des traînées, des prostituées qui se feront bientôt sauter par n'importe qui, si ça n'est pas déjà fait. Pour Krestina, c'est fait, il sait. Et quand il en aura fini avec elle, il compte bien trouver cet Ivan, ce Vania, ce fils de pute qui se tape sa fille depuis des mois. Il a lu les messages qu'il lui envoie. Il ne perd rien pour attendre, il va lui rendre une petite visite. Il va le foutre dans le coffre de sa voiture noire aux vitres teintées, il va lui mettre une dérouillée qu'il n'est pas près d'oublier.

« Il t'a payée ? Il t'a payée, hein ? Salope, traînée, tu me fais honte... »

Il le répète, le répète encore, il ne peut pas s'arrêter, son gros ventre écrasant celui de Krestina, sa chemise bleue toute froissée, son long manteau en cuir noir qu'il n'a pas enlevé. Krestina ne voit rien, les yeux brûlés par le gaz poivré, elle sent le col en fourrure du manteau de son père frotter ses joues, son cou, le bout de son nez.

« Pardon, je ne recommencerai plus, s'il te plaît, *pojalouïsto*. »

Il n'y a plus vraiment de cris, déjà, les pleurs ne font plus tant de bruit, c'est toujours comme ça, et personne ne viendra.

« Je vais te tuer, tu sais que je vais te tuer ? Laisse-toi faire, arrête de chialer, c'est toi qui me pousses au péché. » Elle ne se débat plus vraiment, Krestina. Elle sait que rien ne l'arrêtera. Et quand il menace de faire à ses sœurs ce qu'il lui fait, ça suffit à la figer.

Le père n'a pas enlevé son long manteau. Le cuir noir bouge, monte et descend, au même rythme que sa tête. Son crâne dégarni se tourne sur le côté parfois. Il respire de plus en plus fort. Krestina le sent aller et venir au fond de son ventre. Elle se concentre sur ce souffle qu'elle connaît par cœur. Elle guette la fin, pour survivre au-delà de ce qui meurt en elle.

« Je t'ai dit d'arrêter de chialer, gémit-il. Si tu n'avais pas couché avec ce salaud de Vania, je ne serais pas obligé de faire ça. Tu es ma fille, tu comprends ? Je dois te protéger des hommes malintentionnés. » Il bouge encore, gémit encore. C'est elle qui est coupable, lui vénère trop le Seigneur pour pécher sans raison.

Il y a tellement de larmes dans les yeux de Krestina que ses cils s'y noient. Son père est lourd, il écrase ses cuisses, sa poitrine, ses bras. Les poils de son ventre râpent sa peau fine et douce. Les poils de sa barbe brûlent son cou, ses joues. Elle ne se débat pas, elle ne se débat jamais. Elle sait que, d'un poing, il pourrait l'envoyer valser contre un mur, éclater son crâne contre la fenêtre, qu'il pourrait la défoncer à coups de pied, écraser une cigarette sur son poignet, la traîner par terre en tirant ses cheveux, lui cracher dessus, que n'a-t-il pas encore fait ? Elle se concentre sur le souvenir du visage de Vania pour survivre aux ânonnements de son père, à son odeur de sueur et de tabac mêlés, à ses insultes, à sa bave qui coule le long de son oreille. Elle entend encore un peu, derrière, au loin, les larmes d'Angelina et Maria.

Il respire si vite à présent, labourant son ventre, meurtrissant son sexe. Ce sera bientôt terminé.

Alors elle pourra se relever, aller s'enfermer dans la salle de bains, laver sur ses cuisses le sperme de son père.

Quand il se redresse enfin, il continue à marmonner en refermant les boutons de son pantalon, « tiens, voilà, ça t'apprendra ». Krestina entrouvre ses yeux gazés qui brûlent toujours, elle fixe son regard sur le côté, vers l'icône de Jésus qui trône au-dessus du buffet.

Avant de tuer leur père, Krestina, Angelina et Maria ont vécu un mois de liberté. « Papa prenait une sorte de pilule sédative, il avait déjà été traité plusieurs fois dans un hôpital psychiatrique, mais là il y est resté pendant un mois. » Angelina en avait parlé à Ivan Melnikov, le secrétaire exécutif de la Commission de surveillance publique pour la protection des droits humains dans les lieux de détention, dès qu'il était venu la voir dans la petite cellule du commissariat, comme pour s'assurer que ces quatre semaines avaient bien existé.

Qu'avait-il pu transformer, ce mois de liberté ? Qu'est-ce que cela changeait de pouvoir sortir quand on le voulait, inviter ses amis, s'endormir sans la peur d'être réveillée par un cri, un ordre beuglé, une cloche qui sonnait, les sales pattes de son père saisissant ses poignets ? Cette petite fenêtre qui s'était ouverte avait-elle armé les mains des trois sœurs ?

En attendant de recevoir la visite de sa mère au centre de détention en septembre 2018, Maria lui a écrit une longue lettre. Elle ne voulait plus qu'elle soit triste, elle ne voulait plus la voir pleurer. Dans sa lettre, Maria dit : « J'ai regardé l'émission dans laquelle tu es passée aujourd'hui, et c'était très douloureux pour moi de te voir pleurer. Si tu n'es pas triste, nous ne le serons pas. Tu sais que nous sommes fortes et que nous pouvons tout gérer. Ce que je veux le plus, c'est que tu vives et profites de la vie. Tu es la chose la plus précieuse que nous ayons et nous ne voulons pas que ton existence se détériore à cause de nous. » Maria parlait aussi de sa mamie, sa babouchka, sa baboulia, de ses copines, Marina, Nastia, Vika, Vlada, Lera, elle aurait aimé qu'elles lui écrivent, elle ne savait pas si c'était possible, elle demanderait à son avocat. Tout se passait bien, on s'occupait d'elle, elle croisait parfois Angelina et Krestina, elle était suivie par des médecins, elle avait tout ce qu'il fallait dans sa cellule : une télévision, des livres, un lecteur DVD, une bouilloire, un réfrigérateur. Alexeï Parshine a expliqué à quel point il avait été étonné par l'attitude résolue des filles la première fois qu'il les avait vues au centre de détention provisoire : la prison ne leur faisait pas peur, c'était mieux que la maison, et c'était bien ce qui se lisait dans les mots écrits par Maria à sa mère.

Si les premiers jours en prison ne les ont pas effrayées, les mois de procédure ont en revanche ravivé leurs angoisses, leurs blessures, et c'était comme si elles luttaient sur un fil, au bord de l'abîme, le souffle coupé. La première fois que la tante des trois sœurs, Olga Gregoreva, avait revu Angelina, sa nièce l'avait regardée avec effroi, et aujourd'hui encore, elle tremblait de peur, trois nuits d'affilée, quand elle était convoquée. Elle savait qu'il allait lui falloir parler encore, replonger entre les murs de l'appartement de la chaussée Altoufievo.

Les enquêteurs de la rue Baumanskaïa évoquaient dans leurs comptes rendus l'existence de documents vidéo-photographiques et d'enregistrements qui confirmaient que des actes de violence à caractère sexuel avaient été commis contre les trois sœurs pendant une longue période. Ils pouvaient également s'appuyer sur l'expertise médicale réalisée juste après le meurtre qui avait mis en évidence la présence de sécrétions sexuelles de Mikhaïl Khatchatourian et de Krestina sur les mêmes draps.

Après deux mois de prison, les filles ont été autorisées à vivre avec des proches, dans des appartements différents, sans possibilité de parler entre elles, ni de voir les autres membres de leur famille. Elles pouvaient en revanche se déplacer dans Moscou la journée, jusqu'à vingt et une heures. Krestina vivait seule, Angelina avec sa tante Olga. Maria, qui ne serait pas jugée en raison de son état psychique, avait rejoint sa mère. Les deux plus jeunes avaient aussi pu reprendre le chemin de l'école : Maria en cours individuel, Angelina dans une classe normale. Elles devaient porter des bracelets électroniques et n'avaient pas le droit d'avoir un téléphone, d'aller sur Internet. Le plus dur pour elles était de ne pas pouvoir être toutes les trois, mais cette forme de liberté conditionnelle était extrêmement rare en

Russie. Preuve que, malgré le refus des enquêteurs de la rue Baumanskaïa de reconnaître la légitime défense, le cas des trois sœurs était exceptionnel dans le traitement dont il faisait l'objet.

Le 5 novembre 2020, le tribunal de la ville de Moscou a permis le retrait des bracelets électroniques, ainsi que les retrouvailles de Krestina et Angelina avec leur mère. Il neigeait de façon anormale pour un mois de novembre ce jour-là. Je les avais imaginées, toutes les quatre, bien au chaud dans un appartement, à l'abri des flocons glacés. Aurelia caressait les longs cheveux noirs de Krestina et d'Angelina qu'elle n'avait pas pu serrer dans ses bras depuis plus de deux ans. C'était comme si je pouvais voir les filles se blottir contre leur mère, écouter son cœur, sentir son odeur : plus rien d'autre ne comptait, tout pouvait bien s'effondrer.

Alexeï Parshine assurait qu'elles étaient désormais toutes les trois plus vives, moins déprimées qu'au début du processus judiciaire. Se savoir soutenues par une partie de l'opinion publique et des médias les avait grandement aidées. Et elles recevaient très souvent des lettres de leurs amis, leur famille, leur frère Serioja. Angelina et Maria avaient terminé l'école secondaire et avaient obtenu leur examen de fin d'études, l'équivalent du baccalauréat.

Le 10 mars 2021, le tribunal Basmanny de Moscou a fini par ouvrir une procédure pénale contre Mikhaïl Khatchatourian en vertu de l'article 132 du Code pénal de la Fédération de Russie, « Actes violents à caractère sexuel », de l'article 133, « Obligation de commettre des actes à caractère sexuel », et de l'article 117, « Torture ». S'il est impossible dans les sociétés occidentales de juger une personne morte en raison des principes du droit à un procès équitable, cela se fait en Russie.

Les avocats des trois sœurs le demandaient de longue date, mais aucune procédure ne pouvait être engagée sans le consentement des proches du père. Comprenant que, lorsque l'affaire pénale contre les filles serait portée devant les tribunaux, le jury entendrait les détails de la violence que les trois sœurs avaient subie, ils avaient fini par donner leur accord. Ils espéraient sans doute encore convaincre les enquêteurs de l'innocence de leur frère, de leur cousin, de leur oncle.

DEUX SEMAINES PLUS TÔT

Ils sont huit ce soir dans l'appartement de la chaussée Altoufievo, assis autour de la table basse du salon : Vania sur le fauteuil à bascule, Sacha, Maria et Nadejda sur le divan, Kostia, Lena et Angelina par terre. Krestina navigue des genoux de Vania à la table de la cuisine où elle va s'asseoir par moments. Elle n'en revient pas de les avoir tous ici. Ils se connaissent depuis des années, vivent dans le même quartier, étaient ensemble à l'école n° 4 Bibirevo. Elle les regarde rire tandis qu'Angelina exhibe son beau chapeau.

Ce chapeau, Aurelia le portait souvent quand les filles étaient petites. Le père se moquait d'elle, évidemment, il disait qu'elle avait l'air bête et se donnait des grands airs, mais pour les filles c'était un chapeau de princesse. Alors quand Krestina avait aidé sa mère à remplir de vêtements sa vieille valise à carreaux, le jour où Mikhaïl l'avait fichue dehors, elle l'avait glissé à l'intérieur, paniquée à l'idée que Mikhaïl puisse le jeter. Angelina avait demandé à sa mère de le lui prêter la semaine précédente : le père était absent, elle pouvait en profiter pour porter ce qu'elle voulait, mais il faudrait qu'elle pense à le cacher quand il reviendrait, parce que ça le rendrait furieux, elle le savait.

« Je te le garderai ma belle ! » Lena fait mine de saisir le chapeau pour le poser sur sa tête, ses longs cheveux blonds chatouillant ceux, noirs, de son amie. « Oh non, il reste avec moi, j'y tiens trop », Angelina rit en buvant une gorgée de bière, presque heureuse d'être là, pas complètement toutefois, comme lorsqu'on sait que quelque chose ne durera pas.

« Si seulement il pouvait ne pas revenir votre père, il faudrait qu'ils le gardent à l'hôpital, il a une case en moins de toute façon… »

Vania finit sa phrase en tirant sur sa cigarette, il boit une gorgée de bière en se balançant d'avant en arrière sur le fauteuil au velours beige élimé. Krestina sourit en le regardant, il est aussi blond et fin que son père est brun et gras, aussi doux et calme que son père est vulgaire et brutal. Il porte un jean près du corps, une chemise à carreaux bleu et noir, un peu entrouverte. Elle caresse sa main gauche, celle avec laquelle il tient sa bière, elle sent la chaleur de sa peau contre la sienne. Vania lui sourit tout le temps, il voudrait tellement la sortir de cet appartement moisi. Il ne l'a presque pas vue ces derniers mois : elle ne pouvait plus aller en cours, elle lui avait même demandé d'arrêter de lui envoyer des messages et d'éviter de sortir seul, de se cacher un peu. Elle n'avait pas voulu tout lui raconter, elle avait juste dit que c'était grave, qu'elle l'aimait mais qu'ils ne pouvaient plus se voir, plus s'écrire, que c'était dangereux. Ils avaient quand même pu se croiser au parc quelquefois, quand elle sortait le chien avec ses sœurs, mais si peu, et de moins en moins.

Et puis deux semaines plus tôt, Krestina était venue l'attendre en bas de chez lui. Il en avait rêvé de nombreuses fois, de la voir libre. Elle aurait pu venir vivre chez lui d'ailleurs, sa mère était d'accord, elle aimait bien Krestina, et elle avait compris que son père la maltraitait, mais leur appartement était trop petit pour accueillir aussi Angelina et Maria, et partir sans ses sœurs, l'aînée ne voulait pas en entendre parler. Et puis ce serait trop dangereux, c'était ce qu'elle se répétait quand elle se prenait à rêver, à haute voix, avec Vania et ses sœurs. Ce serait trop dangereux, alors pour le moment elles étaient coincées là, toutes les trois.

« Embrasse-moi. »

Krestina s'est assise sur les genoux de Vania, elle boit une gorgée de bière à son tour, et embrasse son amoureux sur la bouche, longtemps. Son père serait fou de rage s'il le voyait assis sur son fauteuil à bascule. « Apporte-moi une bière, fais-moi un sandwich, lave mon linge, passe l'aspirateur, nettoie les fenêtres, repasse mes chemises. » Elle triture encore le tissu du fauteuil sur lequel son petit ami s'est confortablement installé, se sentant plus libre qu'elle ne l'a jamais été.

« Il va y rester longtemps, à l'hôpital, tu crois ?

– J'en sais rien, moi, s'il pouvait y rester pour toujours ça nous arrangerait.

– Ou revenir transformé ?

– Ça, c'est pas possible, c'est pas la première fois qu'il prend des cachets ou qu'il passe du temps dans un service psychiatrique…

– Allez, Nadejda, arrête d'embêter Maria, elles ont envie d'en profiter, de s'amuser, pas de parler de leur cinglé de père.

– Sacha, tu peux mettre la musique plus fort ? J'ai envie de danser. »

Maria se lève, elle secoue ses longs cheveux, allume une cigarette, attrape une bière. Son père la giflerait s'il la voyait. Elle ne veut plus parler de lui, mais il est toujours là, dans un coin, derrière les portes, entre les murs.

« Plus fort, Sacha, plus fort, j'aime trop cette chanson ! »

Maria enlève son petit gilet en coton blanc, elle lève ses bras, tourne ses poignets. Angelina se lève et la rejoint. Elle prend la main de sa sœur, comme quand elles étaient petites, dans la cour de l'école, et que Ludmila Konstantinovna s'agitait pour que les élèves rejoignent leur classe à la fin de la récréation. Angelina serre la main de Maria un peu plus fort, elles lèvent les bras toutes les deux, dansent l'une près de l'autre, l'une contre l'autre. Krestina les regarde avec un grand sourire, assise sur la table de la cuisine au bois rayé. Elle est presque heureuse ce soir. Ses sœurs lui font signe de venir les rejoindre.

Elles dansent toutes les trois à présent, et ça fait comme un seul corps, leurs chevelures noires, leurs mains mêlées, leurs jeans collés, leurs peaux hâlées des jours de liberté qui se sont écoulés depuis que leur père est entré dans cet hôpital psychiatrique. Dans leurs têtes dansent aussi les souvenirs épars d'Angelina et Maria punies au coin tout l'après-midi, privées de manger, de boire, d'aller aux toilettes, de s'asseoir, d'elles trois gisant au sol, les yeux brûlés par le gaz lacrymogène. Ces images de l'une lavant le corps de l'autre souillé par leur père, d'elles trois enfonçant leurs petits nez sous leurs draps pour qu'il ne vienne pas meurtrir leurs nuits d'enfants, du jour où Krestina avait failli se faire étrangler contre la fenêtre du salon. Et de Serioja le visage tuméfié, Aurelia tabassée sur le sol devant le buffet plein d'icônes et de chapelets, leur grand-mère Lydia en train de leur hurler dessus parce qu'elles ne faisaient pas bien à manger, leur père les insultant, affalé dans son fauteuil à bascule au velours beige éliminé.

Elles se regardent et trouvent la force de revenir, tout de suite, maintenant, dans l'instant présent, de boire une gorgée de bière, de fumer une cigarette, d'entonner une chanson, de rire à une blague. Toutes les trois, elles pensent à la même chose : elles ne veulent pas que leur père revienne, jamais, maintenant qu'elles ont pris goût à la liberté. Elles n'ont pas besoin de se le dire, les mots peuvent rester au bord de leurs lèvres rosées, s'imprimer sur leurs peaux si étrangement hâlées, elles qui d'ordinaire passent tout leur temps enfermées entre les murs étroits de l'appartement de la chaussée Altoufievo.

Dès le début de la médiatisation de l'affaire, l'usage régulier du titre « Trois sœurs » a fait écho, dans l'imaginaire collectif, à la pièce d'Anton Tchekhov. Quand il l'a écrite, en 1901, cela faisait des années qu'il fréquentait les jeunes écrivains révolutionnaires, et déjà six ans que Lénine était entré activement en politique. Au début de la pièce, Irina, Maria et Olga Prozorov partagent avec leur frère Andreï et sa femme Natalia la maison familiale située dans un chef-lieu de province dont on ne connaît pas le nom. Les trois sœurs rêvent de retourner vivre leur vie de jeunes bourgeoises éduquées à Moscou où elles sont nées et où leur frère se voit faire carrière comme professeur d'université, loin de cette ville de garnison où elles ne fréquentent que des militaires. Mais peu à peu, de désœuvrements en amours contrariées, leurs rêves vont être enterrés. Personne n'ira vivre à Moscou. Natalia dépouillera ses belles-sœurs de leurs biens, et deviendra la maîtresse incontestée de la maison des Prozorov.

Un monde disparaît, tandis qu'un autre voit le jour. Il ne restera bientôt plus rien de ces petits bourgeois sympathiques mais désœuvrés. Et, si la pièce de Tchekhov plaît toujours autant aujourd'hui, c'est parce qu'à travers les destins de ses héroïnes, ce sont toutes les faiblesses de la société du début du siècle dernier qui apparaissent, alors que se profilent quelques-unes des failles de la société nouvelle qui lui succédera, à partir d'octobre 1917. La rapidité avec laquelle les médias russes ont repris le titre de la pièce de Tchekhov pour parler des trois sœurs Khatchatourian prouve que leur histoire dépasse de loin le fait divers : elle donne à voir la société russe du début du XXIe siècle, les failles de ses lois, de sa police, de son système juridique. L'affaire questionne la place des femmes et contribuera, je l'espère, à la transformer.

La vie des trois sœurs, leurs silhouettes sidérées assises sur le sol devant la porte de l'appartement près du corps mort de leur père, leurs longues chevelures, leurs cous fragiles, leurs bustes graciles, la sincérité de leurs voix, tout cela était aussi romanesque que terrifiant. Il n'en fallait pas plus pour imprégner la mémoire collective. L'affaire a pris une dimension cathartique : les défenseurs des filles y ont vu l'occasion de purger des siècles de soumission, de tyrannie et de violences faites aux femmes ; leurs détracteurs ont craint, quant à eux, de voir se diluer dans un potentiel acquittement des trois sœurs l'essence même des valeurs patriarcales, autoritaires, mais protectrices des affres de la modernité.

Cette affaire a également été cathartique pour moi, tant elle me guérissait de mon rapport aux hommes.

Mon professeur de collège m'avait rendu insipides les relations qui allaient suivre avec les garçons de mon âge. Et puis j'avais perdu confiance. Il m'avait mise sur un piédestal : j'étais la plus intelligente de ses élèves, il me prêtait tous ses livres, il aimait rester des heures à parler avec moi, il passait son bras autour de mes épaules quand on visitait los Reales Alcazares pendant ce voyage scolaire au cours duquel tout le monde avait vu son comportement, sans réagir toutefois, même quand il m'avait serrée toute la nuit contre lui dans l'autobus qui nous conduisait à Séville.

Après, je me dirais souvent que, même dans une relation fondée sur des échanges intellectuels, les hommes n'en voulaient en fait qu'à mon corps : malgré mes diplômes, mon mariage bourgeois, le luxe matériel auquel j'avais accédé, les hommes sentiraient toujours que je n'étais qu'une fille venant de nulle part et qu'eux, les puissants, étaient en mesure de posséder. Je voyais pourtant la sexualité comme un instrument de pouvoir. Je m'étais souvent dit, plus ou moins consciemment, que je pouvais avoir tous les hommes, puisque même le professeur que toutes les filles adulaient était tombé amoureux de moi, et tous les hommes que j'avais voulus après lui, je les avais eus. Mon manque de confiance en moi y trouverait un peu de réconfort, mais au fond de moi je me disais : je ne suis faite que pour le désir qu'on cache parce qu'on en a honte, pas pour l'amour qui se vit au grand jour.

En rentrant de Russie, j'avais pris conscience que j'étais allée trop loin dans la douleur. J'ai rencontré l'homme qui allait devenir mon mari : honnête, doux, fou de moi. Un homme qui m'apporterait autant d'amour que j'ai vu mon père en donner à ma mère, et la sécurité dont nous avons l'une comme l'autre besoin, habitées par le souvenir des expériences violentes de nos aïeules. J'ai trouvé le bonheur simple, réel, l'amour avec lequel on construit une vie, et j'ai mis tout le passé sous cloche.

Douze ans plus tard, la trentaine bien engagée, après avoir eu trois enfants en l'espace de deux ans et demi, j'éprouvais un épuisement intense, de ceux qui décapent jusqu'à l'os. J'ai alors croisé le chemin d'un médecin qui s'est occupé de mes enfants malades, un de ces hommes fascinants que beaucoup de femmes désirent. Et cet homme de vingt-sept ans mon aîné m'a choisie, m'entraînant dans une relation si destructrice qu'elle allait me faire toucher la mort. Après, il avait fallu tout réparer, reconstruire, soigner. Et j'ai compris, en écrivant l'histoire des trois sœurs Khatchatourian, en fouillant dans les souvenirs de ma vie en Russie, que j'avais rejoué avec ce médecin ce que je n'avais pas guéri de ma relation avec Mitia : l'éblouissement comme un conte de fées, la dépendance, l'alternance du chaud et du froid – de promesses en agressivité, d'excuses en violences de plus en plus intenses – et, enfin, mon propre anéantissement. Ce schéma de manipulation, je ne l'ai pas découvert avec cet homme : je le connaissais déjà, mais j'avais tout enterré.

Quand j'étais avec Mitia, dans notre petite chambre à l'*obchtchejitie*, je n'avais aucun recul, aucune distance. Une fois en France, avec des milliers de kilomètres entre nous, j'avais réussi à m'en détacher, sans jamais comprendre, toutefois, ce qui s'était joué. Les années passant, j'avais préféré oublier les insultes, les humiliations, l'hématome sur ma hanche laissé par ses coups de pied. C'était plus facile de me remémorer les caresses, la tendresse, les longues promenades sur la colline aux Moineaux, l'émotion dans ses yeux quand je lui avais offert ses cadeaux d'anniversaire, sa respiration dans mon cou quand on avait dansé sur « Don't Speak » de No Doubt après avoir soufflé ses bougies l'un face à l'autre, son regard amoureux quand il était venu me chercher à l'aéroport à la fin des vacances de Noël, les deux jours de descente qu'on avait traversés, collés sous les draps, après avoir pris des amphétamines, la feuille qu'il avait placardée au-dessus de notre lit, « *zavtra vernous'* – demain je reviens », avant de partir une semaine chez lui en Sibérie.

Des années plus tard, Mitia m'écrirait sur VKontakte, le Facebook russe, qu'il m'avait profondément aimée. Il avait accompli, après l'université, ce service militaire qui me paniquait à tel point que je l'aurais épousé pour le faire venir en France, pour que jamais il ne doive rejoindre l'armée. Lui aussi avait peur alors, mais finalement cette année l'avait « recadré ». Il l'affirmait, et je ne comprenais pas bien ce qu'il sous-entendait. Après l'armée, il était retourné vivre en Sibérie. Il n'était pas devenu acteur mais animateur télé, et je l'avais découvert, hébétée, présentant les infos sur une chaîne locale. « Dmitri Katchalov » annonçait la voix off avant qu'il n'apparaisse à l'écran. Et c'était lui qui parlait, c'était sa voix, ses cheveux blonds, son regard bleu. Il s'était marié et, comme il était un peu connu, la cérémonie avait été filmée. J'avais envoyé la vidéo à Elena, elle m'avait répondu d'une de ces grandes envolées dont elle avait le secret. « Mon Dieu, ma chérie, une grande catastrophe», riait-elle. C'étaient les seuls mots français qu'elle connaissait, elle les répétait tout le temps quand on filait en trolleybus à l'université, quand on recevait dans notre cuisine franco-gréco-ouzbek, quand on traversait la rue sur des talons hauts pour rejoindre le Boar House ces jeudis soir où on dansait jusqu'à ne plus sentir nos mollets. Désormais, elle vivait à Londres.

Je prévenais Mitia chaque fois que j'allais à Moscou. Il n'y vivait plus mais y allait de temps en temps. Alors, un jour peut-être, on se reverrait, «*Zemlia krougaïa, Loretchka, my obiazatel'no ouvidimsia* – la Terre est ronde, Loretchka, un jour on se reverra».

Je n'avais pas envie de le revoir, mais si l'occasion se présentait, pourrais-je m'en empêcher, même si je sentais le danger? Guérit-on jamais vraiment de ce qui se joue dans l'adolescence?

DEUX SEMAINES PLUS TARD

Angelina fait tourner ses poignets, on vient de lui retirer les menottes. Il reste une coupure profonde au droit, c'est toujours là depuis la nuit où tout est arrivé, et elle passe doucement son index gauche dessus, pour effacer la trace, que disparaisse le rouge dans le blanc de la peau.

« La première fois, pour moi, c'était en 2014, j'avais quinze ans. On était parties en Israël avec notre père. Au bout de quelques jours, à l'hôtel où on dormait, il m'a ordonné de me déshabiller et de m'allonger sur le lit. Je l'ai fait parce que j'avais peur. Lui aussi s'est déshabillé. »

Autour le silence est sourd, un policier l'interroge, un autre prend des notes même si c'est enregistré.

Alexeï, l'avocat qui a proposé de les défendre, elle et ses sœurs, est assis à ses côtés.

« Mon père a passé ses parties génitales sur les miennes, puis il a dit que je devrai devenir sa femme quand j'aurais dix-huit ans. Le lendemain, il m'a fait embrasser son pénis, puis il m'a crié dessus, me demandant pourquoi je le faisais. J'avais très peur. Je ne voulais pas, mais je n'avais pas le choix, je devais lui obéir, il me terrorisait. Il disait que l'adultère était le plus grand des péchés, mais que comme nous étions ses filles, son sang, il pouvait faire ce qu'il voulait. »

Les viols ont commencé pendant ce séjour à Jérusalem, en 2014, et n'ont jamais cessé. Son père l'a forcée à avoir des relations sexuelles orales et anales, il a touché sa poitrine, son sexe, ses fesses.

Dans la salle d'interrogatoire du centre de détention provisoire, les trois sœurs se succèdent. Du voyage de 2014 à Jérusalem, Krestina a les mêmes souvenirs qu'Angelina : son père l'a forcée à lui faire une fellation. Krestina parle, assise sur la même chaise que sa sœur quelques minutes plus tôt, et c'est comme si l'empreinte de son corps y était restée. Le poids de son bras pèse sur le rebord de la table grise, là où sa sœur a posé son poignet droit marqué d'une trace rouge.

Sa jambe gauche est encore très douloureuse des coups qu'elle s'est elle-même infligées, une fois le père étendu mort sur le palier, et puis elle a peur de cet interrogatoire. Et si personne ne les croyait ? Son avocat l'a rassurée : il n'y avait rien à craindre, il lui fallait juste raconter ce qui lui était arrivé, ce que son père lui faisait, le reste, il s'en occuperait.

« Il me forçait à avoir des relations sexuelles, je ne voulais pas, mais je lui obéissais. J'avais aussi peur qu'il s'en prenne à Angelina et Maria, je savais qu'il le faisait, mais je me disais que quand il s'en prenait à moi, elles avaient un peu la paix. »

Krestina regarde droit devant elle, mais ce n'est pas le policier qu'elle voit. C'est le mur gris, en béton armé, ce qu'elle aurait aimé bâtir pour se protéger pendant toutes ces années.

« Un jour en 2016, pendant d'autres vacances, on est allées à Adler avec notre père. Il est entré dans ma chambre, il s'est déshabillé, il m'a ordonné de m'allonger, il a mis son sexe dans ma bouche, et moi j'ai commencé à m'étouffer, à pleurer. Ce n'était pas la première fois mais ce jour-là je n'arrivais plus à respirer, je l'ai repoussé, j'ai couru dans l'entrée, j'ai pris son sac parce que je savais qu'il y avait des pilules dedans, j'ai couru m'enfermer dans la salle de bains avec les médicaments, du clonazépam, et j'ai tout avalé, je n'en pouvais plus. Après je ne me souviens plus. Je sais qu'une ambulance est venue, qu'on m'a lavé l'estomac à l'hôpital, que mon père a dit que je m'étais trompée de pilules et m'étais empoisonnée. »

L'avocat acquiesce, il tend au policier le dossier d'hospitalisation, la tentative de suicide de Krestina est avérée, le clonazépam, le lavage d'estomac, les explications de son père, le temps passé aux urgences. Mikhaïl Khatchatourian se faisait prescrire de nombreux traitements, des antidépresseurs, des psychotropes, et souffrait de divers troubles détaillés dans l'examen psychologique livré à titre posthume.

Cela fait maintenant plusieurs heures que les interrogatoires ont commencé. Krestina a croisé Angelina en arrivant dans la salle d'interrogatoire, puis Maria quand on l'a ramenée dans sa cellule avec sa jambe grièvement blessée. Elle a besoin de s'allonger, elle est épuisée, ses yeux encore rouges d'avoir dû raconter, expliquer, se justifier. Krestina s'inquiète toujours pour ses sœurs, c'est elle l'aînée, mais Angelina lui a semblé forte et déterminée, ce qui l'a rassurée. Maria en revanche pleure tout le temps, elle le sait.

Maria s'est assise sur la chaise, la même chaise que ses sœurs avant elle, mais elle n'a rien vu du mur gris en béton armé, de la table qui la sépare du policier qui l'interroge, et c'est à peine si elle sent la présence de son avocat, près d'elle.

« Notre père était à l'hôpital depuis un mois, on était soulagées, on pouvait respirer, on se sentait bien, l'école était déjà terminée. Ça nous embêtait car on n'y était pas allées de l'année, mais on était aussi contentes de se reposer, de dormir à poings fermés. On avait oublié ce que c'était, dormir normalement, sans avoir peur d'être réveillées. »

Les larmes coulent, Maria aimerait les arrêter, mais elle ne contrôle rien, les larmes sortent sans discontinuer depuis qu'elle a vu le sang de son père gicler sur le sol de l'appartement, son corps inerte sur le ventre en haut de l'escalier, devant leur porte d'entrée.

« Et puis il est rentré, vous savez ? »

La voix de Maria s'est arrêtée, ils ne peuvent pas savoir, ou peut-être que si, mais alors pourquoi personne n'est venu les sauver ?

« Non, vous ne savez pas. »

Alexeï lui murmure de continuer, de ne pas poser de questions. Ce sera bientôt terminé.

« Il est rentré le 21 juillet, il disait qu'à l'hôpital on l'avait soigné, que ça irait mieux désormais, comme s'il reconnaissait qu'il n'aurait pas dû nous faire tout ce qu'il nous faisait. Mais le problème c'est que le soir même il a fait sonner sa cloche, il a exigé qu'Angelina vienne dans sa chambre, et il lui a demandé de le masturber. Alors comme il l'exigeait, Angelina l'a fait. »

De sa voix hachée, Maria livre des fragments de sa mémoire, et autour d'elle personne ne bouge, comme si tout en eux s'était figé.

Un jour, je suis tombée sur une couverture récente du magazine féminin *Domashniy Ochag*, et je me suis dit que ce choix éditorial n'aurait peut-être pas été possible deux ans plus tôt, quand j'avais commencé à enquêter sur les sœurs Khatchatourian : quelque chose, depuis, avait changé. Vêtue d'une robe orange flamboyante, Margarita Gratcheva y affichait son ventre rond d'une vie à venir, son ventre qu'elle tenait de sa main reconstruite tandis que son autre main, artificielle, était posée contre sa taille, remplaçant celle que son premier mari avait sectionnée d'un coup de hache sur la souche d'un arbre dans une forêt de la banlieue moscovite parce qu'il la soupçonnait de le tromper.

«*Nam noujen zakon o domachnem nasilii* – Nous avons besoin d'une loi sur les violences domestiques», titrait le magazine, et on sentait le courage de toutes ces femmes qui se dressaient pour que leurs corps meurtris ne soient pas oubliés, pour que les choses changent à la suite de ce qu'avaient vécu Margarita Gratcheva, Anastassia Echtchenko, mais aussi Aurelia, Krestina, Angelina et Maria Khatchatourian.

Durant l'été 2021, il avait de nouveau été possible de se rendre en Russie depuis l'Europe, et j'avais eu envie, alors, d'y retourner. J'espérais secrètement pouvoir rencontrer les trois sœurs et leur mère. Je leur poserais des questions, je les écouterais, et je clôturerais en moi l'écriture de leur histoire. Je m'ouvrirais à leurs souvenirs, aux fragments d'elles qu'elles voudraient bien me confier. Je prendrais ensuite le métro pour rentrer chez Marina et je m'arrêterais sur la ligne rouge, à Vorobiovy Gory. Je sortirais de la rame, je pousserais la lourde porte de la station, je descendrais les marches pour rejoindre le bord de l'eau, et j'apercevrais au loin la toute jeune femme que j'avais été, la petite Française venue étudier à Moscou qui était tombée éperdument amoureuse d'un garçon étrange, aussi doux que violent, d'un garçon que j'apercevrais alors de dos, au loin, dans les virages de la Moskova que nous avions pris tant de plaisir à longer, auréolés par nos vingt ans.

Je marcherais longtemps derrière nos deux silhouettes, et puis, perdue dans mes pensées, j'imaginerais une autre vie pour Aurelia et ses filles, la vie qu'elles auraient pu mener si la justice de leur pays avait fonctionné différemment, si les femmes y avaient été davantage écoutées, mises à l'abri, protégées. Je les verrais toutes les trois, Krestina, Angelina et Maria, sautiller main dans la main, heureuses et légères à l'âge du pique-nique raté, celui au cours duquel Aurelia avait fini la joue brûlée, pendant que Krestina interpellait les passants sans qu'aucun ne vienne les secourir. Les voix cristallines des filles réclameraient des *konfety* chocolat noisette, leur insouciance retrouvée depuis le départ de leur père de l'appartement de la chaussée Altoufievo les menottes aux poignets. Leurs silhouettes se hisseraient sur le pont d'un bateau depuis l'un des embarcadères installés le long de la Moskova. Aurelia aurait une robe noire ajustée, les lèvres rouges, les ongles vernis. « Que tu es belle, maman, que tu es belle », ses filles le lui répéteraient l'une après l'autre, leurs rires caressant le vent doux de la fin de l'été.

« Toutes les familles heureuses se ressemblent, mais chaque famille malheureuse l'est à sa façon. » Je connaissais la phrase liminaire d'*Anna Karénine* par cœur depuis l'adolescence mais j'en mesurais maintenant la portée.

Il m'arrivait souvent de rêver ainsi, mais mes fantasmes m'ont semblé vains quand j'ai lu que la Douma d'État avait approuvé, début 2021, les amendements Dmitri Viatkine sur la diffamation : les victimes d'abus sexuels risquaient désormais jusqu'à cinq ans de prison pour avoir dénoncé publiquement des crimes ou du harcèlement sexuels. Et le fait même de se battre pour l'adoption d'une loi contre les violences domestiques pouvait être considéré comme une activité politique criminelle. C'est ainsi que le tribunal avait condamné Nasiliu.net (Non à la violence) – l'un des rares centres prenant en charge les femmes battues – à une amende de trois cent mille roubles car il n'était pas inscrit au registre des agents étrangers. L'organisation se serait prétendument engagée dans des activités politiques au profit de forces étrangères en « participant activement à la promotion et à la mise en œuvre de la campagne visant à l'adoption de la loi sur la prévention des violences domestiques en Russie ».

Depuis novembre 2020, Krestina, Angelina et Maria Khatchatourian sont libres de la majeure partie des mesures coercitives qui faisaient leur quotidien. Leur affaire est toujours en cours, comme celle qui a été ouverte en mars 2021 contre leur père pour « Actes violents à caractère sexuel », « Obligation de commettre des actes à caractère sexuel » et « Torture ». C'est dans le cadre de cette deuxième affaire qu'une nouvelle commission d'experts psychiatriques de l'Institut Serbski a conclu en août 2021 que le parricide était dû au syndrome d'abus et à celui de stress post-traumatique.

Les avocats des trois sœurs espèrent que les poursuites à leur encontre seront abandonnées si le père est reconnu coupable de ces crimes. Une telle décision serait hautement symbolique pour la Russie : elle permettrait d'y faire évoluer la prise en compte de la légitime défense dans les affaires de violences domestiques.

Le 14 décembre 2021, la Cour européenne des droits de l'homme a donné raison à quatre femmes russes victimes de la violence de leur ancien partenaire – dont Margarita Gratcheva –, enjoignant Moscou de les dédommager financièrement et de modifier son cadre juridique. La CEDH exige que la notion de violences domestiques soit définie, que les victimes puissent déposer plainte, que des mesures d'éloignement soient mises en œuvre pour les protéger, et que soit pensé un plan d'action pour changer le regard du public à l'égard des violences faites aux femmes.

Les défenseurs des droits des femmes se sont réjouis de cet arrêt qui fera jurisprudence pour des affaires similaires, mais à quoi cela servira-t-il ? Le Kremlin n'a pas l'intention de se plier aux demandes de la Cour européenne. Dmitri Peskov, le porte-parole de Vladimir Poutine, s'est empressé de réagir : « Nous pensons que la législation actuelle fournit tous les outils nécessaires pour lutter contre ce fléau, les services de police font des efforts. Bien sûr, des situations tragiques et indésirables surviennent parfois. Nous le regrettons. »

CE SOIR-LÀ, LE 27 JUILLET 2018, CHAUSSÉE ALTOUFIEVO

Le fauteuil à bascule porte tout le poids de Mikhaïl Sergueïevitch Khatchatourian, son sommeil est engourdi par les cachets qu'il a rapportés de l'hôpital et le litre de bière qu'il a absorbé. Il a éteint la lumière du plafonnier avant de se laisser tomber sur le velours beige élimé. Il étend les jambes, son ventre déborde de son jean, il transpire. Il fait encore vingt-sept degrés dehors en fin de journée, et l'appartement n'est pas isolé.

Mikhaïl tousse dans son premier sommeil, les gouttes de sueur coulent sur son front, le long de son cou, entre les poils de son torse. L'odeur de son corps emplit l'appartement, tout l'espace, chaque recoin, jusqu'aux cordons des chapelets accrochés au buffet, jusqu'aux draps tachés de son sperme.

Dans leur chambre, Krestina, Angelina et Maria ont gardé leurs sous-vêtements, leurs leggings noirs, leurs t-shirts rouge, gris, beige. Elles n'ont pas mis de pyjamas ce soir, elles respirent fort, fixent le plafond. Elles savent ce qu'elles vont faire. Bientôt, tout sera terminé.

Leur père est rentré de l'hôpital il y a quelques jours, et c'est comme s'il ne s'était jamais absenté. « Krestina, viens ici ! Maria, viens là ! Angelina, qu'as-tu encore fait, petite traînée ? Qu'avez-vous trafiqué pendant que j'étais pas là ? Vous voulez rien me dire ? Krestina, parle ! C'est un ordre, c'est toi l'aînée, bordel, *pizdets*... » Il continue à pester, à crier, à beugler, et ce matin il a aspergé Krestina de gaz poivré. Elle a commencé à s'étouffer, son père lui crachant au visage que ça allait passer, avant de vite s'assoupir dans son fauteuil à bascule. Angelina et Maria ont alors nettoyé la peau de leur sœur, passé des compresses sur ses yeux rouges, caressé ses épaules, tressé ses cheveux. Les trois sœurs se sont regardées, et d'une seule voix elles ont décidé d'en finir, le soir même, pour que plus jamais il ne brûle le visage de l'une d'entre elles avec ses petites bombes de gaz lacrymogène. Maintenant, c'est maintenant.

Angelina et Maria sont descendues à la voiture pendant que leur père dormait, parce qu'elles savent qu'il y cache un couteau. Krestina est restée dans l'appartement, ses yeux la brûlent encore, et s'il s'était réveillé elle aurait dit au père que ses sœurs étaient parties à l'épicerie. Angelina et Maria sont remontées avec un couteau et un marteau qu'elles ont cachés dans leur chambre avec le gaz poivré subtilisé par leur aînée.

Le sommeil de Mikhaïl Khatchatourian est lourd comme le noir de cette nuit, comme son poids sur le fauteuil à bascule. Les filles s'approchent sur la pointe des pieds. Elles ne tremblent pas : il faut vivre, c'est ce soir, c'est maintenant.

Et ça fait comme une danse maintenant, les trois paires de leggings noirs se mêlent, le bras de Maria donne le premier coup de couteau, les deux mains d'Angelina frappent le crâne avec le marteau, une fois, deux fois. Le père réveillé ne sait plus où il est, vacille au ralenti, que se passe-t-il, la main sur son front, rouge de sang, puis vient ce moment où soudain il comprend.

Les bras de Maria montent et descendent, une fois, deux fois, trois fois, quatre fois, cinq fois, six fois, sept fois, huit fois, *raz, dva, tri, tchityre, piat', chest', sem', vosem'*, toutes ces années où son petit nez rentrait sous le drap, où elle contrôlait son souffle tandis que son père attrapait Krestina, l'emportait sous ses draps à lui. Il n'avait pas le droit de leur faire ça, elles n'ont pas le droit de faire ce qu'elles font là. Mais elles leur ont dit, au service psychiatrique où le père vient de passer un mois après avoir été au bord de l'overdose de médicaments : « Il faut le garder encore un peu, s'il vous plaît, il est malade, s'il vous plaît, on a peur qu'il revienne trop tôt, s'il vous plaît, *pojalouïsto*. » Elles le leur ont répété d'une voix ferme, d'une voix larmoyante, d'une voix criante, peu importe le ton, ils n'ont rien écouté.

Maintenant Krestina appuie sur la bombe de gaz poivré, asperge le visage de son père, tandis que résonnent les coups de marteau d'Angelina, trois fois, quatre fois, cinq fois, six fois, sept fois, huit fois, neuf fois, dix fois.

Il a bien essayé de s'enfuir, Mikhaïl Sergueïevitch, quand il les a vues bondir toutes les trois. Il a tenté de tirer la lame hurlante des mains de Maria, la plus jeune de ses filles qui empoigne toujours le couteau, qui ne le lâche pas. Les leggings noirs entourent le corps du père, étouffé comme de la mauvaise herbe. Le père qui sue encore, son souffle qui halète encore, sa voix qui ne vocifère plus cependant, ses bras qui s'agrippent à la porte d'entrée. C'est la fin d'un monde, les mains d'Angelina arrachent le couteau des paumes de Maria et le plantent dans le cœur de leur père.

Trente-six coups de couteau, dix coups de marteau, c'est terminé, c'était ce soir, c'était maintenant.

Le père gît sur le ventre, entre la porte d'entrée de l'appartement et l'ascenseur, le crâne éclaté sur le sol émaillé. À côté du corps mort, les leggings noirs qui ne dansent plus se posent le long du mur. Les trois sœurs tremblent, assises l'une contre l'autre dans une flaque de sang. Il faut appeler la police maintenant.

Il n'y a plus d'insultes, plus de cris, quelques râles, presque le silence.

Le silence bientôt.

Moscou, novembre 2019
– Paris, décembre 2021

À Sylvie Gracia, mon éditrice, qui m'a « vue » et qui a fait grandir mon texte avec justesse, rigueur et sensibilité.

À Sophie de Sivry pour sa confiance, pour avoir eu envie de porter ma voix, pour m'avoir accueillie dans sa « maison ».

À Thomas Garet qui a lui aussi fait grandir mon texte et à toute l'équipe de L'Iconoclaste dont le talent se mêle à la douceur.

À Christine Peyronie, qui m'a transmis son amour de la langue russe sur les bancs du lycée, aux professeurs de Nanterre, de Sciences Po et de l'Université

Lomonossov qui ont chacun à leur manière nourri mes questionnements et mes connaissances.

À ma grand-mère qui est décédée quand je terminais les corrections de mon livre, à qui j'ai eu le temps de dire que c'était son nom, celui de mon grand-père, que je porterais fièrement dans cette nouvelle vie d'autrice.

À mes parents, pour leur amour inconditionnel, qui ont, depuis mes « choses sur les rennes », su que j'irais au bout de mon désir d'écrire le monde qui m'entoure.

À mon mari et à nos trois enfants qui ont accepté tout le temps que j'ai consacré à l'écriture, accompagnant autant mes doutes que mon bonheur.

À mon frère et à ma belle-sœur qui m'ont appris à rêver très fort.

À mes amis de toujours, Estelle, Fanie, Elisabeth, Maud, Mélaine, Marion, Julien, Christopher, et aux amies plus récentes, Fanny, Dorothée, Sabrina, Sarah, Sara, qui ont soutenu mes aspirations littéraires avec tendresse et ferveur.

À ma correspondante Alina, la première à m'avoir accueillie dans une famille russe

À la joyeuse bande de l'*obchtchejitie*, Marina, Elena, Julie, Macha, Cosmo, Khatchatour… J'ai toujours su que je vous mettrais dans un livre, un jour.

L'exemplaire que vous tenez entre les mains
a été rendu possible grâce au travail de toute une équipe.

Édition : Thomas Garet et Sylvie Gracia
Couverture et conception graphique : Quintin Leeds
Révision : Nathalie Capiez, Isabelle Paccalet avec Alice Posière
Mise en page : Soft Office
Photogravure : Point 11
Fabrication : Lucie Le Bon
Commercial et relations libraires : Adèle Leproux
et Alexandra Profizi
Coordination éditoriale : Thomas Garet
Presse et communication : Alina Gurdiel
Communication digitale : Alice Huguet

Rue Jacob diffusion : Élise Lacaze (direction),
Katia Berry (grand Sud-Est), François-Marie Bironneau
(Nord et Est), Charlotte Jeunesse (Paris et région parisienne),
Christelle Guilleminot (grand Sud-Ouest), Laure Sagot
(grand Ouest), Diane Maretheu (coordination), Charlotte Knibiehly
(ventes directes) et Camille Saunier (librairies spécialisées)

Distribution : Interforum

Droits France et juridique : Bertille Comar,
Geoffroy Fauchier-Magnan et Anne-Laure Stérin
Droits étrangers : Sophie Langlais
Accueil et librairie : Laurence Zarra et Lucie Martino
Envois aux journalistes et libraires : Vidal Ruiz Martinez
Comptabilité et droits d'auteur : Christelle Lemonnier,
Camille Breynaert et Christine Blaise
Services généraux : Isadora Monteiro Dos Reis

Certifié PEFC

Ce produit est issu de forêts gérées durablement et de sources contrôlées.

PEFC™

10-31-3068

pefc-france.org

L'ensemble de cet ouvrage a été réalisé
dans le respect des règles environnementales en vigueur.
Il a été imprimé par un imprimeur certifié Imprim'vert,
sur du Lac 2000 PEFC pour l'intérieur
et une carte Crescendo PEFC pour la couverture.

La couverture et la bande ont été imprimées par
Déjà Link à Stains (Seine-Saint-Denis).

Achevé d'imprimer sur les presses de l'imprimerie
CPI Bussière
à Saint-Amant-Montrond (Cher) en septembre 2022.

ISBN : 978-2-37880-301-8
N° d'impression : 2067656
Dépôt légal : Août 2022

En France, un livre a le même prix partout.
C'est le « prix unique du livre » instauré par la loi de 1981 pour protéger le livre et la lecture.
L'éditeur fixe librement ce prix et l'imprime sur le livre.
Tous les commerçants sont obligés de le respecter.

Que vous achetiez votre livre en librairie, dans une grande surface ou en ligne, vous le payez donc au même prix.

Avec une carte de fidélité, vous pouvez bénéficier d'une réduction allant jusqu'à 5 % applicable uniquement en magasin (les commandes en ligne expédiées à domicile en sont exclues).

Si vous payez moins cher, c'est que le livre est d'occasion.